Tarot Card
Etteilla
타로카드 에떨라

칼리

타로카드 에띨라
칼리 지음

1판 1쇄 발행일 2006년 2월 15일
2판 1쇄 발행일 2008년 10월15일

펴낸이 | 이 춘 호
편집인 | 이 지 현
펴낸곳 | **당그래출판사**
출판등록일(번호) | 1989년 7월 7일(제301-2005-219호)
주소 | 100-250 서울시 중구 예장동 1-72 1층 전관
대표전화 | (02) 2272-6603
팩스번호 | (02) 2272-6604
homepage | www.dangre.co.kr
e-mail | dangre@dangre.co.kr
ISBN | 978-89-6046-020-1*33810
값 25,000원 (78장의 에띨라 카드를 포함한 가격)

ⓒ 칼리

Tarot Card
Etteilla

타로카드 에떨라

칼리

"장소와 상관없이"

에띨라에서 '역'은 연약하지 않다.
오히려 운명의 한 순간에서 당신을 좌우할 방향키가 될 것이다.
'정과 역'은 서로 깊은 관계를 가지고 있다.
당신이 원하는 또 다른 측면은 항상,
당신이 보고 있는 방향과 다르다.

어쩌면 남에게 보여주고 싶지 않은 카드일 수 있다.
에띨라는 당신에게 환상의 세계가 아닌
눈앞의 잔인한 현실을 말하기 때문이다.

제 1장
타로카드를 가진 자의 숙제
(에띨라 바로 알기, 기본기 연습)
78 All of Card, Shuffle, Spreads

"모든 카드가 동등하며 어느 하나 치우치지 않습니다"

에띨라 타로카드를 선택하였다면 지금부터는 유니버샬 웨이트, 웨이트 계열의 카드는 잊어야 합니다. 에띨라 타로카드는 그 체계를 분리하지 않고 그대로 사용하도록 고안되었기 때문입니다. 메이저 아르카나와 마이너 아르카나를 기계적으로 분리할 수는 있으나 사용할 때는 분리하지 않고 78장 전체를 사용하는 것이 원칙입니다.

정 방향만을 사용하거나 그 반대의 경우를 허용하지 않고 양 방향 모두를 동등하게 사용하는 것을 기본으로 합니다. 이러한 이유로 카드를 섞는 과정에 있어서도 정과 역을 섞는 동작을 잊어서는 안 됩니다.

카드의 해석에 있어서도 메이저 아르카나가 더 강하거나 마이너 아르카나가 더 약하지 않고 각 카드가 해석에 미치는 영향력이 동등하기 때문에 웨이트 계열의 해석에서 메이저를 더 강하게 해석하던 버릇은 이 카드를 사용할 때는 고쳐야 합니다.

"위치를 바꾸어 뜻을 더욱 공고히 합니다"

에띨라 타로카드는 정과 역의 방향의 해석에 있어 어느 쪽이 강하거나 약한 것이 아니라 상호 보완적인 성격을 가집니다. 서로 다른 뜻은 해석에 있어서의 시각과 측면을 상징하고 합쳐질 때는 그 뜻을 확고히 합니다. 첫 번째는 선택된 방향의 것을, 두 번째는 선택된 방향의 반대의 것을 읽어 질 문자의 시각의 맹점(盲點)을 보완하는 역할을 하게 됩니다.

예 1)

2번 명예카드의 반대는 불명예입니다. 기본해석에 있어서 명예카드는 질문에 있어서의 긍정, YES를 상징하지만 두 번째로 해석할 때는 다른 시각에 있어서의 '불명예'를 함께 해석합니다. 내 입장에서의 '명예'가 반대 위치의 사람에게 '불명예'가 되기 때문에 손해를 가진 상대방을 주의하라고 추가로 해석 할 수 있습니다. 반대로 역방향, 불명예카드의 반대는 명예입니다. 기본해석에 있어서 불명예는 부정, NO를 상징하지만 두 번째로 해석할 때는 상대방의 '명예'를 가지고 있음을 염두에 두어야 한다는 뜻이 됩니다. 현재의 불명예를 벗어나기 위해서는 명예를 가진 자의 도움이 필요하다는 뜻으로 해석할 수 있습니다.

예 2)

46번 권태 카드의 반대는 새로운 지식입니다. 기본해석에 있어서 권태 카드는 질문에 있어서 '정체기', '진행되지 않고 멈추어 있음'을 상징하지만 두 번째로 해석할 때는 '새로운 지식'을 함께 해석하여 다른 시각에서는 '새로운 지식'을 획득할 수 있는 시기임을 추가로 해석할 수 있습니다. 반대로 역방향, '새로운 지식' 카드는 기본해석에 있어서 '변화', '시각의 변화'가 있을 것임을 상징합니다. 두 번째로 해석할 때는 '정체기'를 함께 해석하여 항상 새로운 지식이 유입되는 것이 아니라 그것을 되새김질해야 하는 멈춤의 시기가 있을 것이라는 뜻을 추가로 유추해 낼 수 있습니다.

이처럼 반대의 카드를 통해 질문자가 보고 있지 않은 반대편의 시각을 함께 읽어내고 현재의 상황이 아닌 앞으로 다가올 변화를 함께 읽어낼 수 있는 것은 에띨라 타로카드가 가진 독특한 체계의 특징입니다.

"더하여 확장하고 깊게 합니다"

태생적인 특징, 이름이 아닌 키워드를 대신 가지고 있기 때문에 에띨라 타로카드는 해석에 있어 '방향성'을 가지고 있습니다. 방향성을 가지고 있다는 것은 카드를 더해서 해석하면서 더 깊게 혹은 확장할 수 있다는 점입니다. 다른 여타의 카드들도 노하우가 쌓이면 카드를 더하여 뜻을 깊게 할 수 있지만 수많은 키워드들의 함정에 빠져 초보자들은 뜻을 깊게 하기 어려운 것이 보통입니다. 카드가 더해지면 더 해질수록 다양한 방향에서 한 가지를 선택해야 하기 때문입니다. 에띨라는 키워드가 하나에서 시작하기 때문에 기준을 가지고 있어 카드를 더해 깊은 뜻을 만들기 용이합니다. 3단계의 해석을 해보겠습니다.

26번 역방향 TRAP : 함정. 46번 역방향 NEW KNOWLEDGE : 새로운 지식. 70번 역방향 COST : 비용.

함정 – 한 장만 해석한다면 현재의 상황은 '손해'를 감수해야 한다는 뜻이 될 수 있습니다. 간단합니다. 현재의 상황이 '함정'이니 이익은 생각할 수 없으며 함정에 빠졌다면 선택의 여지는 없는 상태로 해석할 수 있습니다. 그런데 카드를 더하면 내용은 좀더 상세해 집니다.

함정 – 새로운 지식 – '손해'를 감수해야 하지만 '새로운 지식' 즉 새로운 정보를 알게 된다는 뜻입니다. 이것은 그저 경험으로 생각하고 잊어야 할 사건이 아니라 이 사건을 통해서 얻는 것에 주목해야 한다는 뜻입니다.

함정 – 새로운 지식 – 비용 – 손해를 감수하고 얻는 새로운 지식은 공짜가 아니라는 뜻입니다. 그냥 그런 시기이니 가만히 앉아서 굴러들어오는 떡을 기다려야 하는 것이 아니라 비용(또는 노력. 행동)을 해야 얻을 수 있는 지식이란 뜻입니다. 그냥 경험으로 얻을 수 있는 지식이 아닙니다.

카드를 더 할수록 깊은 해석이 나오는 것이 에띨라의 특징입니다.

"같지만, 다릅니다"

78장이 있고 가장 불명확한 Fool (소년, 또는 바보)카드와 가장 완벽한 10 of Pentacles (열 개의 동전)카드도 똑같이 존재합니다. 이렇게 에띨라 타로카드에도 메이저 아르카나와 마이너 아르카나는 있습니다. 그러나 메이저 아르카나와 마이너 아르카나는 똑같은 방식으로 존재하지 않고 새로운 체계 속에 녹아 있습니다.

메이저 아르카나

메이저 아르카나는 78번 카드를 제외한 7장의 카드 3개의 그룹으로 나누어집니다. 에틸라 타로카드에서 번호가 달라진 것은 이것을 표현하기 위한 것입니다. 3개의 그룹은 각각 의미하는 것이 따로 있습니다.

첫 번째 카드는 외따로 떨어진 카드로 인간을 상징하는 78번 천재이거나 그 반대로 바보인 카드입니다. 이 카드는 질문에 대해 긍정도 부정도 표현하지 않습니다. 이것은 질문자를 상징하기 때문입니다. 이 카드는 질문자를 되돌아보아야 함을 상징합니다.

● 78번 genius or Mad? (→) Folly − 0. The Fool. 천재이니면 실성한 사람 ─ 어리석음
Massage: 천재에게도 바보에게도 어리석음은 존재한다.

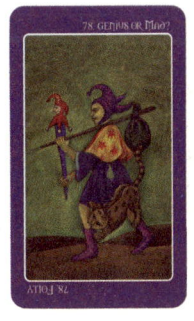

에띨라 카드의 독특한 체계

첫 번째의 그룹은 사회적 인간을 상징합니다. 사회적 인간이란 개개인으로가 아닌 사회의 구성원으로 판단하고 행동하는 사람을 말하며 이타주의와는 관련이 없습니다. 첫 번째 그룹은 사회적 인간의 행동의 방식을 상징합니다. 사회 안에서 인간은 아무것도 혼자서 선택할 수 없으며 주변상황에 의해 선택이나 입장이 변화하게 됩니다.

● 1번 Consultant – Consultant – 1. The Emperor 조언자 ↔ 조언자
Massage: 조언을 받아들이는 것은 조언을 이해하는 사람에게만 가능한 일이다.

● 2번 Glory – Disgrace –5. The Hierophant 명예 ↔ 불명예
Massage: 명예는 불명예의 위기를 벗어난 것이다. 언제든 다시 반대가 될 수 있다.

● 3번 Purpose – Try – 18. The Moon 목적하다, 결심하다↔행동하다. 시도하다.
Massage: 목적에 따라 행동하는 것은 인간의 동물적 본능이다.

● 4번 Forfeit – LackofComfortable – 17. The Star 몰수당하다 ↔ 불편함
Massage: 빼앗긴 것이 불편하지 않으려면 처음부터 없다고 생각해야 한다.

● 5번 Happiness – Fall – 21. The World 행운 ↔ 추락
Massage: 행운은 추락하기 전, 가장 높은 곳에 올라섰을 때를 말한다.

● 6번 Satisfaction – Outcome – 19. The Sun 만족 ↔ 결과
Massage: 만족은 결과에 따른 것이지 과정에 따른 것이 아니다.

● 7번 Defense – The end – 12. The Hanged Man 방어 ↔ 끝
Massage: 이기고자 하지 않고 방어하고자 하면 전투는 끝난 것이다.

에밀라 카드의 독특한 체계

두 번째의 그룹은 경험의 그룹으로 인간이 성인으로 성장하여 발전하게 되는 과정에서 겪게 되는 일들을 보여줍니다. 이것은 지적성찰의 그룹으로, 배워 변화하는 하나의 인간을 상징합니다.

● 8번 Consultant - Consultant - 3. The Empress 조언자 ↔ 우이독경
Massage: 조언자의 말을 흘려들었다는 사실은 나중에야 알게 된다.

● 9번 Peace - Trouble - 8. Justice 평화 ↔ 고민거리
Massage: 마음이 평화로우면 사소한 고민거리를 크게 생각하게 된다.

● 10번 Perfect - Insecurity - 14. Temperance 완벽함 ↔ 불안정함
Massage: 완벽한 상태가 되면 오히려 마음이 불안정해지기 마련이다.

● 11번 Chance - Misfortune - 11. Strength 기회 ↔ 잘못된 운명
Massage: 기회는 선택을 의미하는데 대부분은 이때 잘못된 선택을 할 운명이다.

● 12번 Circumspection - Discussion - 2. The High priestess 경계 ↔ 검토
Massage: 경계심이란 여러 번 검토해야 한다는 본능의 목소리가 들리는 것이다.

● 13번 Covenant - Disunion - 6. The Lovers 서약하다 ↔ 분리되다
Massage: 두 그룹간의 약속은 또 다른 그룹에서 그들이 분리되었음을 뜻한다.

● 14번 Sufferance - Disgrace - 15. The Devil 고난 ↔ 불명예
Massage: 현재가 고난으로 느껴지는 것은 명예롭지 못하기 때문이다.

에밀라 카드의 독특한 체계

　세 번째의 그룹은 자아의 그룹으로 삶을 통해 겪게 되는 감정적 극단을 다루는 법을 말합니다. 감정의 극단은 모든 판단의 근본에 자리 잡고 있으며 이성을 제어하고 경험을 망각하게 합니다. 따라서 세 번째의 그룹은 가장 극단적이며 많은 변화를 상징합니다.

● 15번 Melancholy - Relaxation - 1. The Magician 우울함 ↔ 휴식
Massage: 우울함을 다룰 수 있는 것은 길고 깊은 휴식뿐이다.

● 16번 Danger - Error - 20. Judgement 시험 ↔ 실수
Massage: 시험이기 때문에 실수하는 것이다. 인간은 누구나 그러하다.

● 17번 Loss - Ruin - 13. Death 손실 ↔ 파괴
Massage: 가장큰손실은손실의늪에빠져마지막에는스스로를파괴하게되는것이다.

● 18번 Betrayal - Repentance - 9. The Hermit 배신 ↔ 후회
Massage: 배신자는 결국 후회하게 된다.

● 19번 Catastrophy - Imprisonment - 16. The Tower 불행 ↔ 감금
Massage: 가장 큰 불행은 스스로의 가능성을 막아두는(감금) 것이다.

● 20번 Fortune - Dignity - 10. Wheel of Fortune 운명 ↔ 위엄
Massage: 운명의 신은 그를 위엄 있게 받아들이는 자에게 무릎을 꿇는다.

● 21번 Strife - Independence -7. The Chariot 충돌 ↔ 자립
Massage: 우주에서는 서로부딪치고떨어져나온것들이또다시새로운우주를이룬다.

마이너 아르카나

마이너 아르카나는 중세의 4개의 계급을 상징하는 것으로 완즈는 노동자(농민)를, 펜타클은 상인(길드)을, 컵은 성직자그룹을, 마지막으로 소드는 기사(군대)계급을 상징합니다. 14장씩으로 나누어진 마이너 아르카나들은 각각의 그룹에게 가장 중요한 것을 상징하고 설명하게 됩니다. 이것을 혼용하여 기술자 계급은 방패(펜타클)과 소드를 함께 넣어 문장으로 사용했다고 합니다. 모든 계급이 존재해야 사회가 돌아가는 것처럼 마이너 아르카나도 함께 하여 그 의미를 가집니다. 중세의 각 계급의 사회적 위치를 담당했던 것처럼 각 마이너 아르카나들도 자신의 위치를 담당하고 있기 때문입니다.

완즈수트

에띨라 카드에서 완즈 수트는 농민(평민)과 움직이지 않고 붙박이로 멈추어 있는 것을 상징합니다. 따라서 모든 변화는 외부를 통해 이루어지며 그것을 이겨내거나 받아들이는 것으로 완즈 수트는 완성됩니다. 완즈수트는 의무를 다하려고 노력하며 현재에 충실합니다.

완즈 수트의 해석을 기업. 비즈니스를 기준으로 한 양방향의 메시지를 소개합니다. 이것은 정 방향에 덧대 역방향을 해석한 것으로 그 반대의 경우는 달라질 수 있습니다. 스스로 만들어 보세요.

에띨라 카드의 독특한 체계

● 22번 Family – Design – King of Wands 가족 ↔ 계획하다
Massage: 기업. 프로젝트 그룹을 결성하다.

● 23번 Defense – Obstacles – Queen of Wands   방어 ↔ 장애
Massage: 앞으로 나아가지 않고 방어만 하면 스스로가 장애물이 된다.

● 24번 Departure – Disagreement – Knight of Wands   시도 ↔ 싸움
Massage: 새로운 것을 시도하는 것은 기존의 세력과의 싸움을 의미한다.

● 25번 Good News – Bad News – Page of Wands   좋은 소식 ↔ 나쁜 소식
Massage: 좋은 소식은 경쟁자에게는 나쁜 소식으로 받아들여진다.

● 26번 Fraud – Trap – 10 of Wands   사기 ↔ 함정
Massage: 사기는 구멍(함정)이 존재한다.

● 27번 Contrariness – Misfortune – 9 of Wands   반대를 겪다 ↔ 불운
Massage: 지나친 반대를 겪게 되는 불운한 시기에는 쉬어라.

● 28번 Travel – Quarrel – 8 of Wands   여행 ↔ 논쟁
Massage: 현재의 영업권을 포기하고 떠나는 것은 논쟁의 여지가 있다.

● 29번 Result – Vacillating – 7 of Wands   결과 ↔ 우유부단
Massage: 결과를 빨리 볼 수 없는 것은 당신의 우유부단함 때문이다.

● 30번 Unfaithfulness – Waiting – 6 of Wands   신용할 수 없음 ↔ 대기 중
Massage: 완벽하게 믿을 수 없을 때는 기다려라.

● 31번 Gold –Decision – 5 of Wands   부 ↔ 결단력(대부분은 시험 당하다)
Massage: 돈을 들고 오는 동업자는 당신을 시험하기 마련이다.

● 32번 Prosperity – Precautions – 4 of Wands   번영 ↔ 경계
Massage: 사업 확장의 시기에 주의하라. 그때 경쟁자도 늘어나기 마련이다.

● 33번 Initiative – Hope – 3 of Wands   첫걸음 ↔ 희망
Massage: 시작할 때는 어느 것이나 희망적으로 보인다.

● 34번 Torment – Surprise – 2 of Wands   고통 ↔ 놀라움
Massage: 힘든 시절을 겪고 나서야 놀라운 사실을 깨닫게 된다.

● 35번 Birth – Agony – Ace of Wands   탄생 ↔ 고통
Massage: 시작하는 것은 고통을 이겨내는 것이다 (절대로 쉽지 않다)

컵수트

에띨라 카드에서 컵 수트는 성직자와 정신적인 지주를 상징합니다. 따라서 모든 변화는 내면을 통해 이루어지며 하나하나의 과정이 결과보다 중요합니다. 완즈수트는 이상을 꿈꾸며 정신적인 만족을 추구합니다.

컵 수트의 해석을 정신적인 멘토로 보았을 때를 기준으로 한 양방향의 메시지를 소개합니다. 이것은 정 방향에 덧대 역방향을 해석한 것으로 그 반대의 경우는 달라질 수 있습니다. 스스로 만들어 보세요.

에밀라 카드의 독특한 체계

● 36번 Help – Medicine –King of Cups 돕다 ↔ 치유
Massage: 가장 유용한 도움은 당신의 마음을 치유하는 것.

● 37번 Success – HappyEnding – Queen of Cups 성공 ↔ 행복한 결말
Massage: 성공은 누구나 원하는 행복한 결말입니다.

● 38번 Arrive – Nasty Trick – Knight of Cups 도착하다 ↔ 비열한 속임수
Massage: 도착한 상자를 열기 전에 숨겨진 속임수에 대해 먼저 생각하라.

● 39번 Confidence – Delusion – Page of Cups 신용 ↔ 기만
Massage: 신용을 깨는 것은 당신 스스로를 기만하는 것이다.

● 40번 Honour – Battle – 10 of Cups 명예 ↔ 전투
Massage: 명예를 위해 싸우라.

● 41번 Victory – Mistakes – 9 of Cups 승리 ↔ 실수
Massage: 큰 승리도 작은 실수에 빛바래기 마련이다.

● 42번 Tenderness – Satisfaction – 8 of Cups 부드러운 ↔ 실현
Massage: 유연한(부드러운) 생각이 꿈을 실현시킨다.

● 43번 Thought – Project – 7 of Cups 생각 ↔ 계획
Massage: 생각대로 하면 된다고들 말한다.

● 44번 The Past – The Future – 6 of Cups 과거 ↔ 미래
Massage: 과거는 미래 이전의 것이다.

● 45번 Inheritance – Helper – 5 of Cups 상속재산 ↔ 도우미
Massage: 물려받은 깃은 이떤 것이나 당신에게 도움이 된다.

● 46번 Boredom – New Knowledge – 4 of Cups 권태 ↔ 새로운 지식
Massage: 당신의 지루한 것은 정신이 새로운 것을 원하기 때문이다.

● 47번 Conclusion – Expedition – 3 of Cups 결말 ↔ 원정
Massage: 모든 것을 다 가졌다고 생각하면 떠나라.

● 48번 Love – DifferentDesires – 2 of Cups 사랑 ↔ 서로 다른 욕망
Massage: 사랑은 합일 하는 것이 아니라 완전히 새로운 두개가 탄생하는 것이다.

● 49번 Celebrations – Changes – Ace of Cups 축하 ↔ 바뀌다
Massage: 축하~!! 당신은 완벽하게 새로운 사람이 되었다.

소드수트

에띨라 카드에서 소드 수트는 기사(군대)와 영역을 넓히려고 하는 것을 상징합니다. 따라서 모든 변화는 힘이 외부를 향해 나아가며 이루어지고 그 힘이 적용되었을 때 소드 수트는 완성됩니다. 소드수트는 방해를 이기려고 노력하며 먼 곳을 봅니다. 이 수트는 혼란스럽습니다. 언제나 변화하기 때문입니다.

소드 수트의 해석을 감정에 대한 조언을 기준으로 한 양방향의 메시지를 소개합니다. 이것은 정 방향에 덧대 역방향을 해석한 것으로 그 반대의 경우는 달라질 수 있습니다. 스스로 만들어 보세요.

에밀라 카드의 독특한 체계

● 50번 Danger – Sadness –King of Swords 위험 ↔ 슬픔
Massage: 위험한 것이 아니라 희생자를 위해 슬퍼해야 하는 것이다.

● 51번 Widowhood – Bad Conduct –Queen of Swords 과부 ↔ 잘못된 품행
Massage: 홀로 있다고 느끼는 것은 당신의 행동 때문이다.

● 52번 Ability – Incoherence – Knight of Swords 능력 ↔ 앞뒤가 맞지 않음
Massage: 당신의 능력과 현실이 맞지 않는다고 느끼는가?

● 53번 Improvident – Spying – Page of Swords 경솔함 ↔ 스파이
Massage: 경솔했다고 느낀다면 이제 미리 알아보라.

● 54번 Tear – Short-term Success – 10 of Swords 눈물↔짧은시간동안의성공
Massage: 눈물을 무기로 삼는 다면 잠시 동안은 통할지 모른다.

● 55번 Conscience – Lack of Trust – 9 of Swords 양심 ↔ 믿을 수 없음
Massage: 양심을 버린 사람들은 믿을 수 없을 만큼 많다.

● 56번 Blame – Important Event – 8 of Swords 비난 ↔ 중요한 사건
Massage: 비난하지 말라. 중요하다고 생각하지만 그렇지 않을 수 있다.

● 57번 Trust – Unhelpful Advice – 7 of Swords 진실↔도움이 되지 않는 충고
Massage: 때로는 진실이 도움이 되지 않는 충고일 수 있다.

● 58번 Travels – Declaration – 6 of Swords 여행 ↔ 공표
Massage: 여행은 당신의 지배력을 넓히고 싶다는 공표(선언)이다.

● 59번 Loss – Duel – 5 of Swords 손실 ↔ 결투
Massage: 잃었다고 느낀다면 싸우라. 그러나 결투는 언제나 손실을 부른다.

● 60번 Solitude – Economy – 4 of Swords 고독 ↔ 절약
Massage: 고독하고 외롭다고 느낀다면 지금이 절약(절제)의 시기이다.

● 61번 Separation – Loss – 3 of Swords 분할 ↔ 실패
Massage: 감정과 이성을 분리하는 것에는 누구나 실패한다.

● 62번 Friendship – False Friend – 2 of Swords 우정 ↔ 잘못된 친구
Massage: 우정이 깨지는 순간 좋은 친구는 잘못된 친구가 된다.

● 63번 Embarrassment – Pregnancy – Ace of Swords 당황하다 ↔ 임신
Massage: 당황스러운 소식은 배우자의 임신(혹은 자신의 임신)정도로 끝나지 않는다.

펜타클수트

에밀라 카드에서 펜타클 수트는 상인(길드)와 같은 현실적인 것을 다루고 있습니다. 펜타클은 현실세계에서 금전의 유통과 운영을 뜻하기도 합니다. 정역을 합쳐 나오는 양방향의 해석 또한 현실과 연관이 깊습니다. 펜타클은 금(金)을 상징하고 물질을 상징하기 때문입니다. 이 수트는 인간의 이성 중에서도 판단의 영역에 속하는 것으로 행동을 결정하는 역할을 합니다. 그리고 이 수트가 나왔다면 당신의 기준은 '돈' 입니다.

펜타클 수트의 해석을 금전을 기준으로 한 양방향의 메시지를 소개합니다. 이것은 정 방향에 덧대 역방향을 해석한 것으로 그 반대의 경우는 달라질 수 있습니다. 스스로 만들어 보세요.

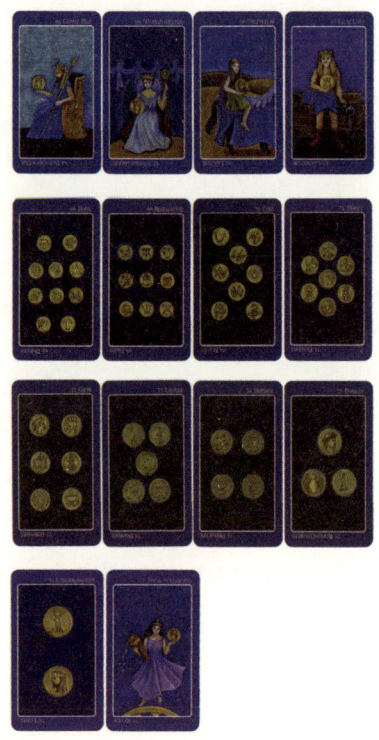

에밀라 카드의 독특한 체계

● 64번 Gentle Man – King of Pentacles 친절한 남자 ↔ 잔인한 남자
Massage: 친절한 남자도 돈이 얽힌 문제가 생기면 잔인해진다.

● 65번 Woman – Queen of Pentacles 도움을 줄 수 있는 여인 ↔ 화가 난 여인
Massage: 항상 도움을 줄 수 있는 여인도, 돈 문제가 얽히면 화부터 낸다.

● 66번 Usefulness – Knight of Pentacles 쓸만한 ↔ 게으름 피우다
Massage: 쓸만한 사람에게 돈이 생기면 게으름을 피우기 마련이다.

● 67번 False Love – Lavishness – Page of Pentacles 잘못된 사랑 ↔ 사치스럽게
Massage: 돈이 얽힌 잘못된 사랑은 사치를 원하는 마음이 시작일 수 있다.

● 68번 Home – Moment – 10 of Pentacles 집 ↔ 때
Massage: 집을 사는 때는 돈이 결정한다.

● 69번 Realization – Fraud – 9 of Pentacles 성취하다 ↔ 사기
Massage: 성취하고자 하는 목표가 돈이라면 사기당하기 쉽다.

● 70번 Beauty – Cost – 8 of Pentacles 아름다움 ↔ 비용
Massage: 아름다움을 유지하기 위해서는 그 대가(비용)를 지불해야 한다.

● 71번 Money – Floating – 7 of Pentacles 돈 ↔ 유동적인
Massage: 돈은 항상 유동적으로 흐르기 마련이다. 돈 있는 자는 변덕스럽다.

● 72번 Gift – Ambitions – 6 of Pentacles 재능 ↔ 야망
Massage: 재능 있는 자가 돈을 쥐면 야망을 떨치게 된다.

● 73번 Lovers – Disorder – 5 of Pentacles 연인들 ↔ 혼란
Massage: 연인들에게 금전이 얽힌 문제는 혼란을 부른다.

● 74번 Homage – Obstacles – 4 of Pentacles 존경 ↔ 장애물
Massage: 존경할 만한 사람의 지나친 부는 명성에 장애가 된다.

● 75번 Nobility – Result (Children) – 3 of Pentacles 고귀함 ↔ 결과물
Massage: 고귀함은 돈의 결과물이 아니다.

● 76번 Embarrassment – Letter – 2 of Pentacles 당황 ↔ 소식
Massage: 청구서만큼 당황스러운 소식은 없다.

● 77번 Total Wellbeing – Riches – Ace of Pentacles 충분한 행복 ↔ 부
Massage: 한 사람이 만족할 만큼 돈을 가졌을 때, 그것을 부(富)라고 한다.

배열법. 전개법. 스프레드
Spread, Layout,
모양과 순서에 따른 사용법.

"모든 것에는 규칙이 있습니다."

스프레드는 타로카드를 어떻게 사용할 것인가를 결정하는 규칙입니다.
스프레드는 하나의 규칙으로 전체의 규칙이 지켜지지 않으면
아무런 의미가 없습니다.

● 몇 장을 사용할 것인가?
1장. 3장. 10장 혹은 그보다 많이

● 어느 부분을 사용할 것인가?
78장 전체. 22장메이저만. 메이저와 4개의 수트를 따로따로

● 각 위치가 어떤 의미를 가지는가?
마지막에 위치한 카드는 대부분의 스프레드에서 결론이다

● 순서는 어떠한가?
스프레드의 모양을 완성하기 위해 카드를 어떤 순서로 내려놓을 것인가

스프레드는 규칙입니다. 하지만 자유롭게 사용하고 싶다면
스프레드를 사용하지 않아도
타로카드를 해석하는 데는 아무런 문제가 없습니다.

타로 카드 , 에띨라

(켈틱 크로스)

섞기, 꺾기, 선택하기
Shuffle, Cut, Choice
타로 카드를 사용하기 위해 당신의 손이 해야 하는 일.

"손으로 하는 일은 연습을 필요로 합니다."

셔플(Shuffle:섞기). 컷(Cut: 꺾기). 초이스(Choice:선택하기)는
기본적인 동작입니다.

● 셔플 (Shuffle) : 섞기.
카드의 순서가 무작위로 뒤섞이도록 하는 것

● 컷 (Cut) : 꺾기 또는 덜어내기.
전체 카드 무더기의 일부를 덜어내거나 방향을 바꾸어 다시 얹는 것

● 초이스 (Choice) : 선택하기
사용할 만큼 카드를 선택하는 것

방법은 여러 가지가 있습니다.
카드가 섞일 수 있다면 어떤 방법이든 사용해도 좋고
카드를 선택하는 규칙도 스프레드에 정해져 있지 않다면
어떤 방식이든 괜찮습니다.

자신에게 맞는 방법을 선택하여 연습하셔야 합니다.

타로 카드 , 에밀라

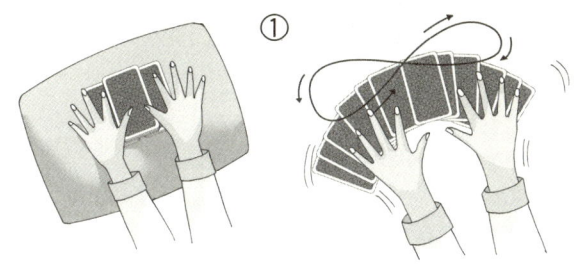

카드 위에 양손을 얹는다. 그 다음 무한대 표시를 그리며 카드를 섞는다.

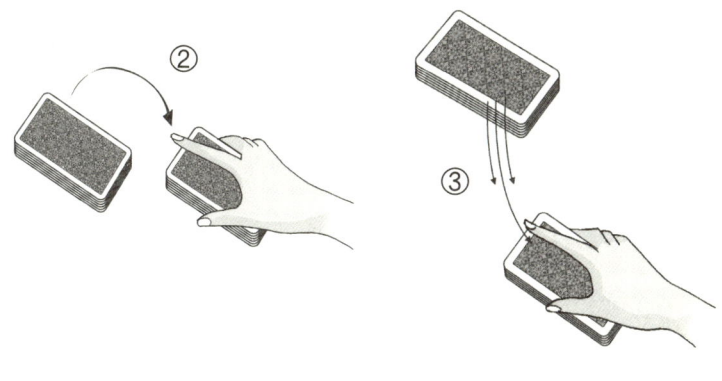

카드를 덜어낸다.

방향을 바꾼다.

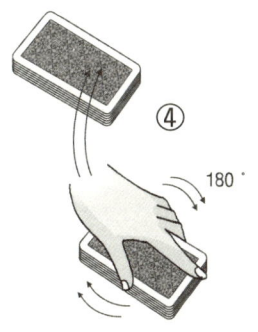

180° 회전시킨다.

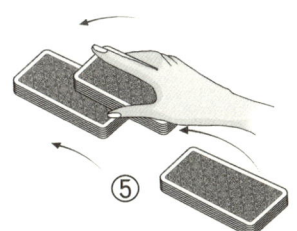

일부를 덜어내어 180°로 돌려얹고 다시 전체에서
카드를 덜어내어 얹는 과정을 반복한다.

그림자. 배경. 떨어진 카드

Shadow. Under. Fall Down.
부수적으로 작용하는 카드들.

● 셰도우 (Shadow) : 그림자.
카드를 섞을 때 자주 나타나는 카드

그림자 카드라고 불리는 카드는 카드를 셔플 할 때 잦은 빈도로 나타나거나 해석에서 중요한 위치에 자주 나타나는 카드를 말합니다. 이 카드는 때로 잊고 있는 중요한 문제를 상징하거나 자신을 상징하는 카드로 알려져 있기 때문에 중요하게 여겨집니다. 때로 어떤 타로리더들은 다른 사람의 점을 볼 때 자신의 셰도우카드는 제외하고 해석하는 경우도 있습니다.

● 언더 (Under) : 추가카드.
해석을 쉽게 하기 위해 부수적인 설명을 하려고 별도로 선택하는 카드

언더 카드 혹은 추가 카드라고 불리는 카드는 명쾌한 해석이 불가능 할 때 혹은 선택의 기로를 점칠 때 사용되는 카드입니다. 필요에 따라서 스프레드를 다 펼친 다음 추가로 선택해 뽑거나 처음부터 선택해 두고 사용하거나 사용하지 않을 수 있습니다. 부연설명이 필요한 경우에 처음부터 언더카드를 선택해 사용합니다.

● 폴 다운 (Fall Down) : 떨어진 카드
카드를 섞거나 스프레드를 놓다가 뚝 떨어져 나온 카드

카드를 섞다가 떨어진 카드를 따로 두고 사용하는 것을 떨어진 카드라고 합니다. 이 카드는 해석 전체에 영향을 끼치지 않지만 타로리더가 알아야 하는 또 다른 문제를 말하기도 합니다.

3 Card-Under
가장 쉬운 전개법(Spread)인 3카드의 응용전개 3 card Under

회색으로 표기된 카드가 언더(Under)카드이다. 이 언더카드는 1번과 3번 위치의 카드를 보완하고 설명하는 역할을 하는데 표면의 문제에 대한 부연설명을 하기 때문에 언더카드라고 부른다.
 * 사용할 카드를 한데 모아 편한 방법으로 뒤섞은 다음 하나로 모은다.
 * 한 덩어리로 모은 카드를 세 덩어리로 나누어 그중 하나를 고른다.
 * 제일 위에서부터 세어 좋아하는 숫자만큼 아래의 카드를 한 장 골라 1번 카드로 사용한다.
 * 중간쯤 위치한 카드를 2번 카드로 사용한다.
 * 제일 아래에서부터 위로 세어 좋아하는 숫자만큼 위의 카드를 3번 카드로 사용한다.
 먼저 셔플을 하고 남은 카드를 한데 모아 한 덩어리로 만든 다음 가볍게 세 번만 섞는다.
가장 위에 위치한 카드를 1번 자리의 언더카드로 가장 아래의 카드를 3번 카드의 언더카드로 사용한다.
1번에서 3번까지의 카드를 읽는 방법에도 여러 가지가 있지만 1번은 과거. 2번은 현재. 3번은 미래로 해석하는 것이 일반적이다. 이를 아래와 같이 변형하여 사용한다.

금전 운의 경우의 예 :

　　　　1번 위치 : 과거의 금전을 얻기 위해 노력 했는가
　　　　2번 위치 : 현재의 금전상태는 어떠한가
　　　　3번 위치 : 앞으로의 금전상태는 어떻게 변화할 것인가.
이때 1번 언더카드는 : 금전을 얻기 위해 잘했는가. 못했는가.
이때 3번 언더카드는 : 금전을 얻기 위한 환경이 주어질 것인가 그렇지 않을 것인가.
이처럼 언더카드는 원인을 파악하고 결과를 예측하는데 주효하지만 1번과 3번의 카드가 뚜렷하고 강력하게 해석될 수 있는 카드가 선택되었다면 읽지 않고 건너뛸 수도 있다.
언더카드는 해석에서 무시될 수 있기 때문이다.

제 2 장
타로카드를 할 때의 문제
(타로카드 해석하기, 기본적인 상징 바로 알기)

알아야 하지만 몰라도 상관없는 것들
Need to Know. nothing

다섯 가지 조언

* 완성된 상태는 완성된 숫자가 필요로 한다 (10)
* 카드들은 둘 또는 셋씩 짝을 짓고 있는데 짝이 함께 나타날 때
  문제가 해결되거나 심각하게 변하게 된다.
* 남자와 여자가 셋트로 나타나면 사건이 시작된다.
* 홀수보다는 짝수가 안전하다.
* 카드가 순서대로 3장 넘게 배열되면 섞이지 않은 것이므로 다시 섞는다.

완전한 숫자는 10을 말합니다. 타로카드에서는 이 10이 중요한 의미를 가지는 데 펜타클의 10은 모든 것을 가진 행복을, 소드의 10은 변할 수 없는 상태를, 완즈의 10은 자신의 능력을 모두 발휘해 해내야만 하는 일을, 컵의 10은 모든 것을 이루고 평안한 휴식을 의미합니다. 모든 숫자는 10이 되기 위해 노력하고 10이 되기 위해 모자란 만큼을 필요로 하기 때문입니다. 예를 들어 같은 수트의 3과 6이 나왔다면 9또는 1번 카드가 의미하는 것을 필요로 한다고 해석할 수 있습니다.

짝을 이루면 뜻은 강해집니다. 예를 들어 숫자 1과 10은 시작과 완성을 모두 이루었기 때문에 좋은 의미를 가집니다. 대비되는 수트의 같은 숫자는 그 뜻을 강하게 만드는 데 소드의 1과 완즈의 1이 함께 나왔다면 당신의 강한 의지가 어떤 일이 벌어지더라도 흔들리지 않을 것임을 뜻하게 됩니다.

남자와 여자는 함께 나왔을 때 사건의 시작을 의미합니다. 혼자서도 남자와 여자가 모두 그려진 연인(Lovers)과 악마(Devil)카드는 당연히 사건의 시작을, 의미하지만 왕과 여왕이 함께 나타났을 때도 마찬가지로 새로운 사건의 시작을 의미하게 됩니다. 남자와 여자는 함께 나타나 당신의 판단력을 시험합니다.

홀수는 짝을 맞추기 위해 진행하는 숫자입니다. 때문에 안정적인 상황이 아니라 변화하는 상황을 상징합니다. 짝수는 멈추어 있는 숫자입니다. 현재의 상황이 유지될 것임을 말합니다. 그러므로 좋은 해석이라면 홀수보다는 짝수 쪽이 안전합니다.

연속되는 카드는 너무 섞었거나 섞이지 않았을 때 나타납니다.

3가지 조건

* 세 번 이상 섞는다
* 세 번 이상 읽고 나서 해석한다.
* 세 장 이상 읽는다.

한번 섞는 것은 한번 숨을 들이쉬고 내쉬는 동안 카드를 섞는 것을 말합니다. 3번 이상 섞어야 하는 것은 손을 스무 번 이상 움직여야만 카드가 적당한 상태로 섞이기 때문입니다. 한번 숨을 쉬고 내쉴 때 평균적으로 6-10회 카드를 섞게 되고 18회-30회 정도면 78장의 카드는 적절한 상태로 뒤섞입니다.

세 번 이상 카드를 읽는다는 뜻은 펼쳐 놓은 카드를 순서대로 한번. 거꾸로 한번. 시작 카드와 마지막 카드만으로 한번 이렇게 세번 읽는다는 뜻입니다. 처음 읽을 때는 카드를 배열된 순서대로 풀어 이야기를 만듭니다. 두 번째 읽을 때는 거꾸로 거슬러 올라가며 확인합니다. 마지막으로 중간의 카드들을 빼버리고 첫 카드와 마지막 카드만을 읽었을 때도 내가 읽어낸 것과 맞아 떨어지는가를 확인해야만 질문자에게 정확히 카드를 설명할 수 있습니다.

질문에 해답을 얻기 위해서는 원인. 현재상태. 미래의 방향의 3가지를 읽어낼 수 있어야합니다. 이를 읽어내기 위해서는 최소 3장의 카드가 필요하기 때문에 3장 이상을 선택해서 읽게 됩니다. 질문이 간단하다면 한 장의 카드에서도 모든 것을 읽어낼 수 있지만 가장 편한 방법은 3장을 사용하는 것입니다.

치우치거나. 지나치거나
Biased or excess

지나친 것은 :

같은 질문을 두 번 이상 하는 것은 지나칩니다.

　　같은 질문을 원하는 대답이 나올 때 까지 반복한다고 해도 답을 얻을 수 없습니다.

친구라고 해도 모든 이야기를 해 줄 수는 없습니다.

　　카드에 보이는 모든 것을 다 말하는 것은 지나친 행동입니다.

너무 많이 카드를 섞는 것은 지나칩니다.

　　카드를 섞기 시작한지 3분이 지나면 질문자는 집중력을 잃어버리고 지루해 하기 시작합니다.

너무 많이 카드를 펼치는 것은 지나칩니다.

　　열장이 넘는 카드 일 때 당신은 카드들을 어떻게 조합해야 할지 몰라 펼쳐진 카드 속에서 길을 잃을지도 모릅니다.

치우친 것은 :

아는 사람의 이야기라고 해서 카드의 내용과 상관없이 넘겨 집어 이야기 하는 것은 치우친 행동입니다.

결론을 먼저 말하며 카드를 설명하는 것은 질문자에게 치우친 생각을 가지게 합니다.

　　"결론은…"을 듣고 나면 질문자는 나머지 내용은 듣지 않습니다.

　　　　타로 카드 해석은 치우치거나 지나치지 않는 것이 기본입니다.

타로 카드 . 에띨라

해도 좋고 안 해도 좋은 것
May be or not

카드를 사용하고 매번 순서대로 정렬을 해야 한다는 생각도 있습니다.
해도 좋고 안 해도 좋습니다.

손을 씻고 카드를 사용해야 한다는 이야기도 있습니다.
한번 쯤 손을 씻지 않고 카드를 사용했다고 해서 그 카드를 버려야 하는 것은 아닙니다.

다른 사람이 카드를 만지면 부정 탄다고 생각하는 사람들도 있습니다.
스스로 그렇게 생각하면 그렇지만 그렇게 생각하지 않는다면 꼭 그렇지는 않습니다.

질문자가 셔플을 해야 한다고 생각하는 사람들도 있습니다.
질문자가 원하면 할 수 있지만 꼭 질문자가 카드를 섞어야 하는 것은 아닙니다.

카드를 자신이 직접 만들어야 한다는 이야기가 있습니다.
평생을 예언자로 살 것이라면 한 개쯤 만들어도 좋지만 타로카드를 사용하는 누구나
자신의 카드를 만들어야 하는 것은 아닙니다.

향을 피우거나 초를 켜두고 타로카드를 사용하는 사람들도 있습니다.
향이나 초는 안정감을 주기 때문에 있으면 좋지만 꼭 사용해야 하는 것은 아닙니다.

독립적인 장소에서 조용하게 카드를 사용해야 한다고 생각하는 사람들도 있습니다.
하지만 시끄러운 장소에서도 타로카드를 잘 보는 사람들도 있습니다.

예문1) 쓰리카드로 마음이 불안할 때

59. DUEL : 역   3. PURPOSE : 정   31. DECISION : 역

첫 번째 놓인 카드 : 자신의 마음가짐과 상태.
(주변에 대해 내가 느끼는 점)
불안감을 느끼는 원인

두 번째 놓인 카드 : 주변에서 나를 보는 시각.
(이를 통해서 주변에서 나를 보는 시각이 긍정적인가 부정적인가 확
인할 수 있다)
당신을 불안하게 하는 주변상황.

세 번째 놓인 카드 : 내가 받아들여야 하는 근접한 미래의 상황
(결과)
불안이 현실화 되었을 때의 미래.

자신의 마음가짐과 상태 (주변에 대해 내가 느끼는 점)

59 DUEL : 역 / 결투

주변에서 나를 보는 시각

3 PURPOSE : 정 / 목적하다. 결심하다

내가 받아들여야 하는 근접한 미래의 상황

31 DECISION : 역 / 결단력 (대부분은 시험 당하다)

▶ 당신은 왜 금전에 대해 불안하게 생각하는가?

당신은 경쟁자에 대해 걱정하고 있다.

▶ 주변에서는 당신의 금전상태를 어떻게 생각하는가?

주변에서는 현재의 상황을 심각하게 생각하고 있지 않다.

▶ 이대로라면 가까운 미래에 어떠한 금전상태에 놓일 것인가?

지금은 아무렇지도 않게 생각할지 몰라도 결정을 내려야할 상황에 놓일 것이다.

종합해석:

당신의 문제는 스스로의 능력과 힘을 잘 모른다는데 있다. 당신말고 다른 사람들은 훨씬 더 노력하고 있다는 사실을 알고 있기 때문에 당신은 걱정하고 있지만 그렇다고는 해도 딱히 대책을 세우거나 일을 더 열심히 하는 노력을 하고 있지 않다. 게다가 당신은 충분한 금전을 가졌기 때문에 주변에서는 당신의 걱정을 심각하게 받아들이지 않고 있다. 당신의 걱정대로 언젠가는 당신 스스로가 혼자 해내야 하는 상황이 도래할 것이다. 그것도 멀지 않았다.

예문2) 액션 스프레드로 금전 운에 대해 질문했을 때

9. TROUBLE : 역　　73. LOVERS : 정　　29 .VACILLATING : 역
20. DIGNITY : 역　　24. DISAGREEMENT : 역

1번 카드 : 사건의 핵심

2번 카드 : 과거

3번 카드 : 당신이 그동안 해온 일들.

4번 카드 : 주변 환경

5번 카드 : 사건을 해결하기 위해 당신이 해야 하는 일.

사건의 핵심.

1번 카드 : 9 TROUBLE 역 / 고민거리 (대부분은 싸움)

과거.

2번 카드 : 73 LOVERS 정 / 연인들

당신이 그동안 해온 일들.

3번 카드 : 29 VACILLATING 역 / 우유부단

주변 환경.

4번 카드 : 20. DIGNITY 역 / 위엄

사건을 해결하기 위해 당신이 해야 하는 일.

5번 카드 : 24 DISAGREEMENT 역 / 싸움(대부분의 해소에 있어 의견차이)

▶ 현재의 금전 운에 있어 가장 큰 문제 (1번)
당신의 문제는 부정할 수 없는 커다란 금전적인 문제가 있다는 점이다.

▶ 과거의 금전 상태는 어떠했는가. (2번)
돈에 대한 충분한 관심은 있지만 현실적인 노력은 없었다.

▶ 당신의 금전을 위한 노력은 충분했는가. (3번)
당신은 여러 가지 가능성을 고려하기만 하고 아무것도 하지 않았다.

▶ 당신은 금전을 얻기 위해 충분한 환경을 가지고 있는가. (4번)
충분한 환경을 가지고 있다.

▶ 금전운의 상승을 위해서 당신은 무엇을 해야 하는가? (5번)
삶은 전쟁터. 싸워서 이겨라

종합해석:

당신의 문제는 현재 금전적인 문제가 발생했고 그 원인이 당신에게 있다는 점이다. 당신은 다른 사람들과 달리 충분한 환경을 가지고 있고 노력만 하면 충분한 결과를 얻을 수 있다. 그런데도 당신은 노력하지 않았다. 그러니 당신 탓을 하고 지금까지 당신을 지켜준 주변에 감사하기 바란다. 당신이 싸울 준비가 되어있다면 당신의 미래는 밝을 것이다.

예문3) 원소 스프레드로 금전 운에 대해 질문했을 때

35 .BIRTH : 정

51 BAD CONDUCT : 역

68. HOME : 정

61. SEPARATION : 정

57. UNHELPFUL ADVICE : 역

첫 번째 놓인 카드 : 당신에게 필요한 직관

두 번째 놓인 카드 : 당신에게 필요한 지식

세 번째 놓인 카드 : 당신의 몸이 느껴야 하는 감각

네 번째 놓인 카드 : 당신이 알아야 하는 영적인 부분

다섯 번째 놓인 카드 : 바로 당신.

타로 카드 , 에띨라

당신에게 필요한 직관.
1번 카드 : 35. BIRTH 정 / 탄생
당신에게 필요한 지식.
2번 카드 : 61. SEPARATION 역 / 분할
당신의 몸이 느껴야 하는 감각.
3번 카드 : 61. UNHELPFUL 역 / 도움이 되지 않는 충고
당신이 알아야 하는 영적인 부분.
4번 카드 : 68. HOME 정 / 집
바로 당신
5번 카드 : 51. BAD CONDUCT 역 / 잘못된 품행

▶ 금전운을 얻기 위해 당신이 직관이 집중해야 하는 것
지금까지 와는 달라져야 하는 당신의 변화에 집중하라. 이제 시작이다.
▶ 당신이 금전운을 얻기 위해 알아야 하는 지식
세상은 변화하고 나뉘고 합쳐지기를 반복한다.
그 순간을 잘 파악할 수 있다면 그것은 돈이 되어 돌아올 것이다.
▶ 당신이 금전운을 얻기 위해 가져야 하는 감각
스스로의 본능을 믿어라. 세상에 중립적인 조언자는 그리 흔하지 않다.
▶ 당신의 영혼을 위해 돈이 필요한가
당신의 평온한 휴식과 영혼 발견을 위해서는 지금 돈이 필요하다.
▶ 당신의 진짜 생각은?
어쩌면 당신은 불건전한 이유로 돈이 필요해 질문을 했을시 모른다.
처음의 이유야 어찌되었건 돈을 벌게 된다면 좋은 곳에 쓰도록.

종합적인 해석:
　당신은 이제 변화에 집중해야 한다. 당신은 세상의 변화에 눈을 떠야 하고 당신의 직관이 세상으로 향해 있다면 당신의 감각은 본능적으로 필요한 것을 느끼게 될 것이다. 당신은 분명히 돈을 원하고 있다. 그러나 당신의 의도는 불건전할 수도 있다. 그러나 처음의 목적이 좋지 못한 이유일 수도 있다. 가능하다면 당신의 목적이 돈을 버는 과정을 통해 변화하길 바란다. 그래야 당신의 부가 지속될 것이기 때문이다.

예문4) 스피릿 오브 서클 스프레드로 질문했을 때

51. WIDOWHOOD : 정   67. FALSELOVE : 정   44. THE PAST : 정

41. MISTAKES : 역

50. SADNESS : 역   25. GOOD NEWS : 정   21. INDEPENDENCE : 역

첫 번째 놓인 카드 : 질문자 가장 우선적으로 생각해야 하는 것

두 번째 놓인 카드 : 영적인 조상 선입견과 생각의 기준

세 번째 놓인 카드 : 영적인 동족 동조자. 옹호자. 친구. 도우미.

네 번째 놓인 카드 : 영적인 시간 완성까지의 시간 중 어느 시점인가.

다섯 번째 놓인 카드 : 영적인 장소 모든 사건은 어디에서 일어나는 가.

여섯 번째 놓인 카드 : 영적인 여행 당신이 향해야 하는 방향.

일곱 번째 놓인 카드 : 당신에게 주어진 선물 타고난 재능과 아이디어

타로 카드, 에밀라

질문자

41. MISTAKES : **역** / 실수

승리를 방해하는 것

영적인 조상

51. WIDOWHOOD : **정** / 과부

외톨이

영적인 동족

21. INDEPENDENCE : **역** / 자립

충돌

영적인 시간

44. THE PAST : **정** / 과거

지나간 일들

영적인 장소

50. SADNESS : **역** / 슬픔

애도를 표함

영적인 여행

25. GOOD NEWS : **정** / 좋은 소식

기다리던 소식

당신에게 주어진 선물

67. FALSE LOVE : **정** / 잘못된 사랑

잘못된 목표나 야망

금전 운에 대해 질문했을 때

▶ **질문자**
스스로의 실수 이거나 방해하는 주변 탓.

▶ **기준**
돈에 애정이 없다.

▶ **동료**
떠나라. 독립하라.

▶ **기준이 되는 시점**
과거는 잊어라

▶ **영적인 장소**
슬퍼하는 것부터가 시작이다.

▶ **영적인 여행**
소식을 따라 떠나라.

▶ **당신이 가진 재능**
목표가 너무 높다.

종합적인 해석:

당신이 금전을 회복하기 위해서는 당신에게 잘 맞는 직업이 필요하다. 당신이 꿈꾸는 것은 터무니없을 정도로 환상적이고 현실이 될 가능성이 없다. 과거의 당신의 실적이 좋았다고 해서 누구나 당신을 인정해 주지 않는다. 현재의 부족한 금전에 대해 마음껏 슬퍼하고 괴로워하라. 쓸데없는 친구들에게서 떠나 새로운 직업을 찾는 것은 좋은 일이다. 목표를 낮추고 귀를 세워 소식에 민감하게 반응하라. 결과는 당신의 정보수집능력과 빠른 행동에 달려있다.

애정에 대해 질문했을 때

▶ 질문자
실수. 도움이 되지 않는 주변 사람.
▶ 기준
관심 없음
▶ 가족
독립적인 성향
▶ 시간
과거의 경험
▶ 장소
슬픔
▶ 방향
좋은 소식
▶ 당신에게 주어진 선택
잘못된 이상향.

종합적인 해석

과거의 경험은 당신을 까다로운 사람으로 만들었음이 확실하다. 당신은 애정에 관심이 있는 것이 아니다. 귀찮은 가족에게서 독립하는 방법이 (혹은 구설수에서 빠져나가는 방법이) 결혼이기 때문에 배우자를 찾고 있을 뿐이다. 그것도 당신의 선택이다. 당신의 인생이니까. 후회하지 않을 자신이 있는가?

직업+비지니스에 대해 질문했을 때

▶ 질문자

실수.

▶ 영향을 미치는 사람

현재는 도움이 필요 없다고 생각하고 있다.

▶ 파트너

분리. 또는 독립.

▶ 시간

과거의 경험을 기억하라.

▶ 장소

짧은 기간의 전망은 좋지 못하다.

▶ 방향

새로운 방향으로 가게 될 것이다.

▶ 당신에게 주어진 재능

목표를 크게 잡는 것도 당신의 재능. 현실과 비현실만 구분한다면 꿈이 큰 것은 좋다.

종합적인 해석:

사소한 실수로 잃게 된 도움에 미련을 둘 필요는 없다. 당신은 과거의 경험상 분리가 자립을 의미한다는 것을 잘 알고 있다. 물론 짧은 기간동안에 결과를 얻기란 쉬운 일은 아닐 것이다. 그럼에도 불구하고 당신은 그 커다랗고 현실가능성이 없는 목표를 위해 달릴 것이고 결국 남들만큼은 해낼 것이다.

제 **3** 장
타로카드의 뜻
(에띨라 타로카드 각 78 장의 의미)

1. Consultant - Consultant

정   역   뒤

1. Consultant ↔ Consultant
1. The Emperor 조언자 ↔ 조언자

조언자의 카드는 현재 당신에게 선택의 권리가 상실되었음을 의미하거나 스스로 상황을 개선할 의지가 없음을 뜻한다.

정+역: 조언자

이 카드는 당신을 자유롭지 못하게 하는 사람을 뜻한다. 당신이 기대고 싶은 사람, 또는 당신에게 충고하고 당신의 판단을 좌우하는 사람이다. '남성적인 여자, 대부분의 경우 남자'이다. 만약 어떤 문제에서 결정권을 가진 사람을 찾고 싶다면 이 카드는 매우 유용하다. 이 카드를 가진 사람이 당신에게 가장 올바른 판단을 줄 것이며 금전적 정신적으로 도움도 줄 수 있다.

해석:

이 카드는 질문의 대답에 있어 Yes, No 어느 쪽의 대답에도 해당하지 않는다. 이 카드는 당신이 판단에 있어 정보를 더 수집해야함을 말한다. 아직 당신은 판단을 할 수 있는 최소한의 정보를 얻지 못한 상태이다. 이를 위해서 조언자가 필요하다. 조언자를 통해 얻을 수 있는 것은 '판단의 기준'이라는 소중한 정보이다.

48

타로 카드, 에띨라

정　　　　　　　역　　　　　　　뒤

2. Glory ↔ Disgrace
5. The Hierophant 명예 ↔ 불명예

"신의 축복이 세상을 비추다" 이 카드는 '도덕적으로 옳은 것을 추구하는 자' 와 '명예를 받아 마땅한 자' 를 통해 신의 축복이 광휘를 발한다는 내용의 카드 이다. 지혜와 정의는 세상 모든 곳에 미친다. 중세의 사람들은 미덕을 추구하는 것을 명예로운 것으로 여겼다. 우리가 생각하는 '명예' 와는 많이 다를 수 있다.

정: 명예
이 카드는 질문의 대답에 있어 Yes를 뜻하지만 통상적인 선택(선과 옳은 것을 추구하는 것)에서의 Yes를 뜻하는 것으로 '명예를 택하라' 는 뜻이다. 대부분 금전적으로는 좋은 선택은 아니다. (돈은 명예와 상관없는 경우가 많다.)

역: 불명예
이 카드는 질문의 대답에 있어 No를 뜻하지만 자신의 이익만을 추구하는 경우 에 있어서는 Yes가 될 수도 있다. 그러나 최종적으로는 손해라는 것을 명심하 라. "당신이 원한다면 돈을 택하라."

정   역   뒤

3. Purpose ↔ Try
18. The Moon 목적하다, 결심하다 ↔ 행동하다. 시도하다.

이 카드는 생각과 행동이 일치해야한다는 고전적인 충고를 말하는 것이 아니라 생각과 행동의 양면성을 말하는 것이다. 생각만 하는 것은 발전을 가져오지 못하며 행동만 주장하는 것은 손해를 가져오게 된다. 이 카드는 종합적으로 "목적하는바에 따라 행동하다"를 말한다.

정: 목적하다. 결심하다
이 카드는 질문에 있어 Yes도 No도 아닌 중립적인 카드이다. 이것은 당신이 아직 선택하기에는 이른 상황임을 말하고 있으며 선택하기 전에 당신의 목적과 실현의지에 대해서 다시 한 번 고려해야 할 때임을 말하고 있다.

역: 행동하다. 시도하다
이 카드는 질문에 있어 Yes에 속한다. 당신이 행동을 하기 전에 이 카드가 선택되었다면 당신의 선택은 이미 행동하기로 결정했으며 행동하기 전에 당신의 '목표(또는 목적)'를 한 번 더 확인해 보는 것이 안전할 것이다.

정   역   뒤

4. Forfeit ↔ Lack of Comfortable
17. The Star 몰수당하다 ↔ 불편함

당신이 빼앗기고 잃게 될 것임을 말하는 카드로 당신의 불운한 운명을 탓하는
당신의 모습을 보여주는 카드이기도 하다. 당신의 현재는 불운을 뜻하는 별이
머리 위에 있다. 카드의 방향과 상관없이……

정: 몰수당하다

이 카드는 모든 질문에 대해 No라고 말한다(당신의 입장에서). 내가 당신이라
면 "안돼"라고 외치고 싶을 것이다. 당신은 억울하게(당신의 입장에서) 빼앗길
수도 있고 벌금을 물게 될 수도 있다. 그러나 그건 순리에 따른 것이니 너무 억
울해하지 않기를…….

역: 불편함

이 카드는 당신이 '실수'하고 있다고 말하고 있다. 운명의 바퀴가 자꾸 거꾸로
가려고 하는 것은 당신의 선택이 계속 '실수'를 반복하고 있기 때문이다. 원하
는 것이 무엇인지 '딱 들어맞는 것'이 무엇인지 생각 해 보는 것은 어떨까.

정   역   뒤

5. Happiness ↔ Fall
21. The World 행운 ↔ 추락

이 카드는 극단적인 대비를 보여주는 카드이다. 행운과 불행은 종이의 양면이다. 바른 행동은 머리위에 운명의 축복을 가져다 줄 것이다. 반대로 잘못된 행동은 운명의 열쇠를 경쟁자에게 맡기는 것과 같아서 불운을 부른다.

정: 행운
이 카드는 질문에 있어서 Yes이다. 운명은 지금 당신 곁에서 옳은 길을 속삭여주고 있다. 상대방을 배려하지 않거나 큰 실수만 없다면 결과는 좋은 방향으로 흘러갈 것이다. 그러나 기억해야 한다. 이 카드의 역방향은 행운에 따른 성공이 아니라 추락이다.

역: 추락
이 카드는 질문에 있어서 No이다. 운명은 당신의 애처로운 눈빛을 외면하고 있다. 아직 당신의 때가 아니기 때문이다. 무언가를 하고 싶다면 조금 더 기다려라. 운명이 당신의 손을 들어줄 때까지.

정   역   뒤

6. Satisfaction ↔ Outcome
19. The Sun 만족 ↔ 결과

이 카드는 지구를 비추는 태양을 보여준다. 자연의 조화와 순환은 태양의 에너지에서부터 시작된다. 때문에 이 카드는 종합적으로 "일은 순리대로 이루어질 것이다"는 것과 "만족스러운 결과가 나타나다"를 말한다.

정: 만족
이 카드는 질문에 있어서 Yes이다. 무엇보다도 주변상황이 준비가 되어있는 상태. 주변사람들은 당신의 행동에 찬성하고 있으며 주변에서도 당신을 도와주기 위해 노력하고 있다. 물론 많은 사람들이 당신에게 도움을 주고 있으므로 결과도 좋을 것이다.

역: 결과
이 카드는 질문에 있어서 Yes이다. 이 카드가 보여주는 것은 태양이 비추는 지구이다. 태양이 비추는 지구란, 따뜻한 에너지를 바탕으로 성장하고 순환하는 자연이다. 따라서 당신이 목적하는 일은 순리대로 결과를 얻을 것이다.

정   역   뒤

7. Defense ↔ The end
12. The Hanged Man 방어 ↔ 끝

되지도 않을 법한 상황 과 '주의하면 손해를 줄일 수 있는 상황 을 말한다. 종합적으로 이 카드는 No지만 Never(절대로)는 아니다. Maybe(어쩌면)에 가깝다고 볼 수 있다.

정: 방어

이 카드는 Yes가 아니라 Maybe(어쩌면)이다. '전제조건' 이 주어지기 때문이다. 당신이 스스로의 몫을 지키기 위해서 스스로 정신을 차리고 방어해야한다. 독수리는 하늘로 날아올라 공격을 피할 수 있는 안정적인 위치를 확보하고 있다. 당신도 그렇게 해야 한다.

역: 끝

이 카드는 The end(끝)이다. 소득이 없이 상황만 종료된다. 뱀과 독수리가 서로 안전만을 확보하려고 공격하지 않는다면 그들은 서로 경계만 할 뿐 둘 중 누구도 배를 채울 수 없다. 좋든 싫든 상황은 그대로 종료될 것이다. 지금부터 그대로 아무것도 변화하지 않을 것이다.

정   역   뒤

8. Consultant ↔ Consultant
3. The Empress 조언자 ↔ 우이독경

1번 카드에서 보여주는 조언자와는 전혀 달리 이 조언자는 dependent(의지하다)나 Trust(믿음)을 줄 수 있는 사람을 뜻한다. 1번 카드가 선배나 손윗사람의 입장에서 당신에게 조언을 한다 보면 이 조언자는 당신의 하소연을 들어줄 수 있는 사람이다. 당신이 어떤 이야기를 하건 들어주고 위로해줄 수 있는 조언자가 8번 카드 조언자이다.

정: 조언자
해석: 이 카드는 Yes도 No도 아니다. 당신은 지금 판단할만한 정신 상태를 가지고 있지 않다. 일단. 누군가에게 당신의 억울함과 감정을 이야기해볼 필요가 있다. 당신이 의지하고 믿을만한 사람이 있다면 당신의 타는 마음을 이야기하라. 그리고 다시 냉정하게 상황을 판단하라.

정: 우이독경(牛耳讀經)
해석: 당신은 주변의 의견을 무시하고 있다. 지금까지 당신의 판단이 모두 옳았다고 하더라도 지금은 다른 사람의 말에 귀를 기울여야 할 시간이다.

정   역   뒤

9. Peace ↔ Trouble
8. Justice 평화 ↔ 고민거리

이 카드는 평화는 균형에서 시작되고 균형이 깨어질 때는 문제가 발생한다는 것을 보여준다. 그녀의 자세는 매우 불안정하다. 칼을 꽉 잡고 있지도 않으며 천칭은 높게 치켜들려 있어 어느 방향으로든 기울어질 수 있다.

정: 평화(대부분의 해석에 있어서 균형)
이 카드는 질문에 있어서 대부분은 Yes이고 때에 따라서 No가 될 수 있다. 당신의 입장이 어느 쪽에 속하는가에 따라 다르다. 당신이 트러블을 일으키는 사람이 아니라면 Yes일 것이고 당신이 교활한 사람이라면 No가 될 것이다. 노력을 하더라도 평화는 유지될 것이기 때문이다.

역: 고민거리(대부분은 싸움)
이 카드는 한정적인 질문(이것이 문제가 될 수 있는가? 같은 질문)에 있어서 Yes이고 대부분의 경우 No(행동과 관련된 결과를 물어볼 때)이다. 균형을 잡기 위해서는 항상 집중하고 있어야 한다. 그러나 그녀는 다른 곳을 보고 있다.

정   역   뒤

10. Perfect ↔ Insecurity
14. Temperance 완벽함 ↔ 불안정함

이 카드는 9번 카드와 연장선상에 있지만 9번 카드가 '나' 로 인해 비롯될 수
있는 불안정을 말한다면 10번 카드는 불안정하거나, 혹은 완벽한 주변상황을
말한다. 당신의 선택에 있어서 이것은 매우 중요한 점이다.

정: 완벽함
'당신의 입장' 에서 질문한 것이라면 대부분 Yes이다. 당신을 위해 모든 것이
준비되었을 때 이 카드가 나타난다. 금전. 인간관계를 비롯한 모든 조건이 완
벽하게 주어졌을 때. 이 카드는 당신에게 행동할 것을 권한다. 당신에게 필요한 것
은 이라는 질문이라면 당신에게는 많은 것이 필요하다는 해석이 될 수 있다.

역: 불안정한(사람을 뜻한다면 믿을만하지 못한. 자신 없음)
이 카드가 당신을 뜻하는 것이라면 당신은 일을 벌이는 것보다 때를 기다리며
휴식을 취하는 것이 나을 것이다. 당신은 지금 냉정하지 못하다. 게다가 의지
나 자신감도 가지고 있지 못하다.

정   역   뒤

11. Chance ↔ Misfortune
11. Strength 기회 ↔ 잘못된 운명

당신에게 주어지는 기회를 뜻할 수도 있다. 그리고 그 반대편에 위치한 최악의 시기를 말한다. 행운과 불행이 서로 양면에 위치한 것은 한눈을 판다면 당신에게는 불운의 시기가 돌아올 것임을 말하는 경고이다. 당신은 준비하고 있어야 한다.

정: 기회(대부분의 질문에 있어서 행운)
당신이 '행동' 할 예정이라면 그 예정(또는 계획)은 잘 진행될 것이다. 좋은 운이라고 해서 지금에서야 무언가 하겠다고 생각한다면 당신의 게으름이 일을 망칠 것이다. 이것은 오랜 시간을 투자하여 당신이 준비한 것에 대한 기회 이다.

역: 잘못된 운명(빈틈)
이것은 당신의 느슨한 부분을 알고 공격하는 적군이다. 자동차보험에 가입하지 않으면 차 사고가 날 것이고 조사 없이 주식투자를 했다면 주식가격은 떨어질 것이다. 당신이 준비하지 못한 바로 '그곳' 에 문제가 생길 것이다.

12. Circumspection - Discussion

정　　　　　　역　　　　　　뒤

12. Circumspection ↔ Discussion
2. The High priestess 경계 ↔ 검토

이 카드는 주변에 대한 경계를 시작으로 당신 주변의 모든 것을 하나하나 확인
해봐야 한다는 "돌다리도 두들겨보고!"의 카드이다. 따라서 이 카드는 대부분
의 질문에 있어서 Maybe(아마도)또는 No.이다.

정: 경계(대부분의 질문에 있어서 신중하라)
당신은 갑자기 당신에게 찾아온 기회나 동업자를 의심해야할 필요성이 있다. 갑자기
생각난 사업아이템. 친한 척 하는 친구. 갑자기 다정스러운 애인 또한 당신의 경계의
대상이다. 지갑을 열기 전에 열 번 생각하고 외출을 하기 전에 세번 생각하라.

역: 검토 (논문이나 리포트. 대부분은 토론의 가치가 있다)
제출하기 전의 리포트는 항상 검토할 필요가 있다. 당신의 논문은 생각지도 않
은 저작권시비에 시달릴 수 있다. 세상에 나갈 원고나 논문은 완벽해질 때까지
검토해야한다. 검토를 확실히 하는 것은 어떤 상황에서건 당신에게 닥친 상황
을 좋은 방향으로 바꿀 수 있는 유일한 방법이다.

13. Covenant - Disunion

<table>
<tr><td>정</td><td>역</td><td>뒤</td></tr>
</table>

13. Covenant ↔ Disunion
6. The Lovers 서약하다 ↔ 분리되다

이 카드는 감정적인 문제에서부터 금전적인 문제까지 많은 부분에 영향을 준다. 만남'이란 돈을 벌 수 있는 기회와 찬스이고 반대로 '분리와 헤어짐'이란 돈을 벌 수 있는 기회를 박탈당하고 돈을 잃는 것이다. 결혼과 이혼, 연인의 만남과 헤어짐을 뜻한다.

정: 서약하다(대부분의 경우 '결혼'을 의미한다)
이 카드는 결혼, 계약, 만남 등의 인간관계와 연관된 카드이다. 대부분은 이로 인해 '삶의 형태'나 '삶의 의미'나 '삶의 목적'이 변화하게 된다. 다양한 의미로 쓰이기 때문에 '질문의 주제'를 고려해서 해석해야한다.

역: 분리되다(대부분의 경우 헤어지다)
결혼한 사람의 경우 '이혼'을 예고하는 카드로 사업을 하는 경우 '동업자와의 헤어짐'을 뜻하는 등 대부분의 경우 현재의 상황이 악화됨을 뜻하게 되지만 현재상황이 좋지 못할 경우(배우자의 성격의 문제라든가 사업상의 파트너 때문에 상황이 좋지 못할 경우)에는 상대방과 헤어질 수 있다는 뜻으로 해석된다.

14. SUFFERANCE - DISGRACE

정   역   뒤

14. Sufferance ↔ Disgrace
15. The Devil 고난 ↔ 불명예

당신에게 주어진 불행을 의미하는 카드로 뒤집어보아도 해결책은 없다. 현재 상황에서 벗어난다고 해도 당신에게 이익이 될 만한 일은 아니다. 즉 이 카드가 나왔을 때는 더 손해 보지 않는 상황을 궁리해 보아야 한다. 이 카드가 미래의 위치에 나왔다면 상황은 더욱 심각하다.

정: 고난
이 카드는 그냥 고생이나 어려운 상황이 아니라 왠지 억울하다고 생각되는 사건들을 말한다. 계속해서 벌어지는 사건들이 당신을 괴롭게 하겠지만 더 화가 나는 것은 주변사람에게 오해를 받는다는 것.

역: 불명예
물론 당신의 실수 일 수도 있다. 그러나 억울하게도 당신의 명예가 함께 훼손되었다. 그러나 모든 것이 당신의 잘못이라고 생각하고 인내하자. 연애라면 양다리의 오해를. 회사라면 기밀누출 정도의 사건이다.

정   역   뒤

15. Melancholy ↔ Relaxation
1. The Magician   우울함 ↔ 휴식

이 카드는 가끔 사람들에게 찾아오는 이유를 알 수 없는 슬럼프의 시기를 말한
다. 때로는 앞으로 일어날 일에 대한 예감일 수 있다. 이 카드는 일정시간동안
의 휴식을 통해 당신이 슬럼프와 우울함을 이겨낼 수 있을 것이라고 말한다.

정: 우울함(어떤 질문에서는 단조로운 직장생활)
이 카드는 당신이 무엇인가에 싫증을 내고 있음을 말한다. 이 카드는 당신이
실연을 당했다거나 혹은 손해를 보아서 '슬픈' 격렬한 감정의 상태를 말하는
것이 아니라 세상 모든 일이 별것 아닌 것처럼 느껴지는 감정 상태를 말한다.
해결책은 단 한 가지. '휴식' 이다.

역: 휴식(어떤 질문에서는 긴장풀기)
이 카드는 당신에게 가장 필요한 일은 달려들어 상대를 무너뜨리는 일이 아니
라. 당신이 무너지지 않도록 스스로를 관리해야 할 때임을 말한다. 사람은 '때'
에 맞는 일을 해야 하는데 지금은 '휴식' 이외에는 할 일이 없는 시기이다.

16. TRIAL - ERROR

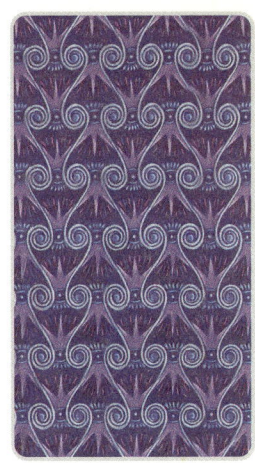

정   역   뒤

16. Danger ↔ Error
20. Judgement 시험 ↔ 실수

사람은 규범을 지켜야 하고 지키지 않을 때는 벌을 받는다. 자신의 능력을 키워야 하고 인정받아야만 한다. 카드 속의 그림은 마지막심판 '부르심의 때'이다. 당신은 인정받고 있는가?

정: 시험(상당히 많은 질문에서 '재판')
이 카드는 능력에 대한 시험을 말한다. 인간성. 도덕성. 일에 대한 자질은 물론 판단능력까지 모든 것에 대해 객관적인 결과를 알아내야 하는 시기이다. 수험생들에게 '입시'를 무직자들에게는 '입사시험'을 뜻하지만 대부분의 일반인들에게는 '예상하였으나 준비하지 못했던 법적인 일'을 의미한다.

역: 실수(법적인 문제에 관한 질문일 때는 오심)
이미 벌어진 사건, 과거에 벌어진 일이다.. 주로 선택과 관련된 실수를 뜻하게 된다. 공식적이고 대중에게 알려진 실수. 법적으로 기록에 남는 실수를 뜻한다. 돌이킬 수 없는 실수들을 뜻한다.

정　　　　　　　　역　　　　　　　　뒤

17. Loss ↔ Ruin
13. Death 손실 ↔ 파괴

죽음이 그의 낫과 함께 가지고 있는 것은 '시간'이다. "죽음 또한 '때'를 지켜 다가온다는 것"은 피할 수는 없지만 예측할 수 있는 것이다. 약간의 손실이 가져올 수 있는 파괴적인 상황을 말한다. 손실이 예견된다면 빨리 대처해야만 더 큰 손해를 막을 수 있다. 카드의 메시지는 '경고'이다.

정: 손실
이것은 쉽게 지나칠 수 있는 손실이다. 옛 속담에 "가랑비에 옷 젖는다"라는 말처럼 작은 손해를 무시하면 남아나는 것이 없을 것이다. 동전을 잃어버렸다면 동전지갑을 준비하는 수고정도는 필요하다.

역: 파괴(예고 되어있던 손실)
자연재해나 갑자기 다가오는 예상치 못했던 손실을 말하는 것은 아니다. 이것은 '주기적'으로 반복되는 어떤 시기를 말하거나 이미 '징조'를 보였던 일의 결과를 말한다. 당신이 재빠르다면(아직 시간이 남아있다) 생각한 것처럼 끔찍하지는 않을 것이다.

정   역   뒤

18. Betrayal ↔ Repentance
9. The Hermit 배신 ↔ 후회

어떤 사람이든 될 수 있다. 당신일 수도 있고 당신이 배신한 사람일 수도 있다. 온몸을 덮는 옷은 사회성의 결여와 커뮤니케이션(대화)의 거부 또는 단절을 상징하기도 한다.

정: 배신(때때로 폭로)
배신은 결정적인 순간에 일어나는 사건을 의미한다. '내 편'이 아니라고 해서 배신이 아니라 당신에게 손해를 끼치는 것이 '배신'이다. 이 카드의 배신은 '당신의 기준'인지 '객관적인 기준'의 배신인지 알 수 없다. 비밀을 조심하라. 비밀은 폭로되기 위해서 존재한다.

역: 후회(유감)
자신에게 나올 때는 '후회'를 타인에게 선택 될 때는 '유감'을 뜻하게 되는데 이렇게 구분할 수 있다 질문자가 '피해당사자 일 경우 ->후회' 가해자일 경우 ->유감' 으로 구분할 수 있다. '과거에 일어난 일'에 대한 감정을 뜻하는 카드이다. 잊는 것이 좋다.

정　　　　　　　　역　　　　　　　　뒤

19. Catastrophy ↔ Imprisonment
16. The Tower 불행 ↔ 감금

이 카드는 '자연적인 대 참사'를 보여주는데 참사라고 '생각' 할 정도의 끔찍한
상황을 말한다. 역방향의 경우도 어찌해볼 수 없는 상황을 말한다. '사업' '직
업' '학업'의 질문에서 부정적인 의미를 가지고 있다. '애정'과 관련된 질문에서
Catastrophy는 '결혼'을 Imprisonment는 '사랑에 빠지다'를 뜻할 수 있다.

정: 불행(대 참사)
'결과'에 해당하는 위치에 나왔을 때 모든 질문에서 'No'를 말한다. 앞의 설명에서 '결
혼'을 뜻한다고 했으나 '행복한 결혼'이 아니라 난관과 괴로움이 많은 사건 많은 결
혼'을 말한다.

역: 감금(구속)
'결과'에 해당하는 위치에 나왔을 때 'No'를 뜻한다. 때때로 '소속'을 뜻하기도 하는
데 '직장인'으로 해석될 수 있다. 한곳에 감금당해서 움직이지도못하는사람'을 현대어로
번역하면 '직장인'이기때문이다. 애정에서는 '사랑에빠지다'라는 해석이 가능하다.

정 　　　　　　 역 　　　　　　 뒤

20. Fortune ↔ Dignity
10. Wheel of Fortune 운명 ↔ 위엄

이 카드는 전통적으로 '운명'을 보여주는 카드인데, 대부분의 질문에서 'Yes'로 생각되는 것은 '운명은 내편'이라는 이기적인 사람의 생각 때문인 듯하다. 물론 이 카드는 대부분 긍정적인 대답을 보여주는 것은 물론 희망까지 제시한다.

정: 운명
드라마나 영화에서 '운명적인 만남'을 보여주는 카드로 매우 자주 등장하는 카드이지만 실제로는 '운명적인 만남' 보다는 당신주변을 휘감고 있는 운명의 끈을 뜻하는 카드이다. 따라서 긍정적인 의미로 많이 쓰이지만 중립적이다. 이 카드를 책임감 없이 '운명대로 이루어질 것이다' 라고 해석하기도 한다.

역: 위엄
당신의 자존심을 지킬 수 있는 판단을 하라. 참아줄 만큼 참아주었다고 생각되면 이제는 강력하고 짧게 말할 때이다. 이 카드가 당신을 위해 선택되었다면 당신의 '적'을 온화한 표정으로 바라보는 것도 좋은 방법. 어차피 적은 당신의 손안에 있다.

정   역   뒤

21. Strife ↔ Independence
7. The Chariot 충돌 ↔ 자립

Strife는 기본적으로 '평행선'이 될 수밖에 없는 두 그룹의 싸움인 경우가 많고 Independence는 결심으로 끝나는 경우가 많기 때문이다. 두 그룹간의 충돌이나 '서로 강하게 반대의 위치에 있는 사람들끼리의 의견충돌'인 경우를 말한다.

정: 충돌
이 카드는 '반대에 부딪치다'라고 의역되기도 한다. 이 카드는 '부모가 반대하는 결혼' '원하는 학과와 부모의 기대가 서로 다를 때' 등을 의미하기 때문에 당신에게 '객관적인 시선'을 요구하는 키워드이다. 당신의 재능을 따라야 한다고 생각할지 모르지만 '현실'은 당신의 생각과는 많이 다르다.

역: 자립
이 키워드는 앞의 '충돌'의 연장선상에 있다. 개인적으로는 '자립이나 독립을 원하다'가 될 수 있겠지만 실제로는 '주변의 사회 환경의 변화를 겪다'가 되기 때문에 독립이나 자립은 '이사' 또는 '직장을 그만두다'와 같은 자의에 의한 '환경의 변화'를 말한다.

  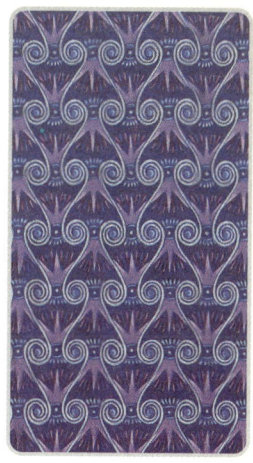

정 　　　　　　 역 　　　　　　 뒤

22. Family ↔ Design

King of Wands 가족 ↔ 계획하다

가정을 이끌고 가정의 미래를 만드는 것은 '적당히 나이든 남자(대부분은 아버지)'이다. 그는 충분한 힘을 가지고 있으며 적당한 경험과 지혜를 가지고 있다. 그러나 그가 가족의 모든 부분을 차지하는 것은 아니며 제어하는 것도 아니다.

정: 가족(대부분의 경우 집단. 그룹)

그룹. 소규모의 사회. 가정. 국가. 나아가서는 '지구' 가족이라는 말은 '혈연. 지연'을 통해 필요와 목적에 따라 모이는 사람들을 뜻한다. 이 키워드는 '필요'에 의해서 '그룹'이 형성될 것이라는 것을 암시한다.

역: 계획하다

이것은 보통 '미래'에 대한 계획이다. 또한 '사업'과 관련되었다면 '사업에 대한 아이디어'가 될 수도 있다. 이것은 미래에 대한 '희망'이나 '자신의 재능'에 대해서 재확인하는 어떤 '때'를 상징하기도 한다.

정　　　　　　　　역　　　　　　　　뒤

23. Defense ↔ Obstacles

Queen of Wands　방어 ↔ 장애

이 카드는 '공격'이 아닌 '수비!'를 이야기한다. 이 카드는 당신이 공격자일 경우 상대방을 정복할 수 없을 것임을 예고하고 반대로 당신이 수비자일 경우라도 수비에 '장애'가 있음을 말한다. 때문에 이 카드는 질문자가 어떤 입장이건 '노력을 요함'으로 해석될 수 있다.

정: 방어
이 카드는 모든 질문에서 maybe(아마도)이다. 당신이 목표로 한 것은 아직 이루어지지 않았다. 지금 시작하고자 하는 일이 있다면 결코 쉽지 않으리라는 것을 암시한다. 이 카드는 당신의 손을 꽉 움켜쥘 것을 요구한다.

역: 장애
이 카드는 당신이 주변의 반대를 이겨내야 할 것을 예고한다. 특히 가족의 반대는 이겨내기 힘들 것이다. 당신이 지금까지 가지고 있던 주변의 울타리를 벗어나 독립해야 한다고 해석할 수 있다.

70

정   역   뒤

24. Departure ↔ Disagreement

Knight of Wands   시도 ↔ 싸움

기사는 앞으로 나아가려고 하지만 말은 주춤거리고 있다. 당신의 목표에는 방해물이 있다. 그것은 당신의 '목표' 자체의 문제일 수도 있고 당신이 앞을 똑바로 보지 않았기 때문일 수도 있다. 당신이 너무 성급함이 문제의 근본이다. 빨리 결정한다고 결과가 빨리 오는가?

정: 시도
이 키워드는 아직 시도되지 않은 일에 대해 말한다. '시도'에는 '의도'가 깔려 있다. '의도'에 따라 결과가 달라진다. 따라서 '의도'가 부적절하거나 건전하지 않다면 결과는 좋을 수 없다. 이 키워드는 maybe(아마도)이면서 약간의 부정형이다. 즉 의도나 목적이 건전하지 않을 수도 있음을 말한다.

역: 싸움(대부분의 해석에 있어서 의견 차이)
대부분의 상징해석에서 '기사'는 전쟁을 준비하는 사람으로 묘사된다. 따라서 기사는 '전쟁'의 의미를 내포하고 있다. 이것은 당신과는 다른 의견이 제시될 것이며 쉽게 해결되지 않을 것임을 말한다.

정   역   뒤

25. Good News ↔ Bad News
Page of Wands   좋은 소식 ↔ 나쁜 소식

손에 양피지를 든 메신저는 문을 두드리려는 참이다. 이 표정은 보는 사람에 따라 웃음을 참는 것으로 보일 수도, 화를 참는 것으로 보일 수도 있다. 이 이중적인 표현은 이 카드의 특성이다. 같은 소식이라도 사람에 따라 그것을 받아들이는 모습이 다르기 때문이다.

정: 좋은 소식
이것은 기다리던 소식이다. 대학합격의 통보이거나, 입사시험에 합격하는 등 시험과 관계된 행운의 소식이거나 오랫동안 소식을 모르던 가족과의 만남이거나 그 외에도 여러 가지의 즐거운 소식을 담고 있다. 그러나 때때로 즐거운 소식은 또 다른 사건을 낳는다.

역: 나쁜 소식(대부분의 경우 슬픈 소식)
보통은 실패를 알려주는 소식인 경우가 많다. 입사시험에 실패하거나 생각했던 학교에 입학하는데 실패하는 경우이다. 이것은 때때로 갑작스러운 소식이다. 가족이나 친척의 사고나 죽음에 대한 소식인 경우도 있다.

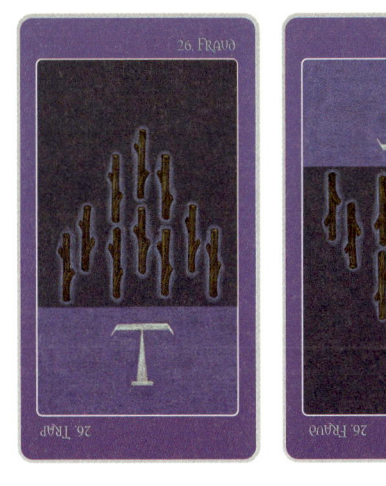  

정   역   뒤

26. Fraud ↔ Trap

10 of Wands   사기 ↔ 함정

열 개의 막대기는 어느 하나도 겹쳐지지 않고 가지런히 놓여있다. 이것은 열 개의 막대기라도 받침대나 버팀목으로 사용할 수 없다는 뜻. 열 개나 되는 막대기가 아무 일도 할 수 없다는 것은 보기와는 다른 상황을 말하게 된다.

정: 사기
이것은 당신이 계획하던 일이 무산될 수 있음을 말한다. 보이는 것과 실제는 대부분 다를 수 있다. 열개의 막대기는 세우기는 어렵지만 쓰러지기는 쉽다. 미래와 관련된 것이라면 당신에게 경고하는 것이다. 다시 한 번 확인하라.

역: 함정
이것은 당신에게 있어 손해를 가져올 수도 있는 상황을 말한다. 당신에게 손해를 입히기 위해 적이 당신을 기다리고 있다. 손쉬워 보이는 일. 금방 이득을 볼 수 있는 달콤한 일이 다가온다면 냉정하게 뿌리치는 것이 좋다. 세상에는 어떤 것도 공짜로 주어지지는 않는다.

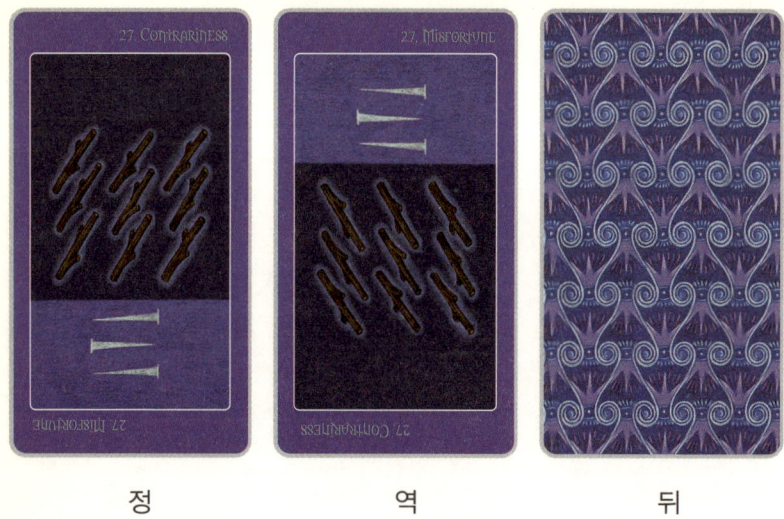

정   역   뒤

27. Contrariness ↔ Misfortune
9 of Wands 반대를 겪다 ↔ 불운

이것은 3이 세 번 겹치는 삼중고의 카드이다. 세 개씩 짝을 짓고 있는 막대기
는 쉽게 꺾어 버릴 수 없다. 견뎌내기 힘든 시기를 나타낼 수 있다. 장기간의
금전적인 어려움을 뜻하는 경우도 있다.

정: 반대를 겪다
때때로 이유 없는 반대를 겪게 될 수 있다. 그러나 대부분 그 반대에는 이유가
있다. 나이가 든 경험 있는 조언자들은 고집을 가지고 있는 경우가 많다. 그것
은 연륜과 경험에 의한 것으로 대부분의 경우 그 조언은 틀리지 않는다. 그러
나 그저 반대세력이라면 이길 수 있는 방법을 찾아라.

역: 불운
이것은 꼬리에 꼬리를 무는 불운을 말한다. 사소한 것에서 시작된 금전적인 손해부터
실직까지 총체적인 모든 불행을 뜻한다. 건강과 관련된 해석 일 때는 더 주의해야 한
다. 가족이 돌아가면서 아프거나 사고를 당하게 되는 것을 경고하는 카드가 될 수 있다.

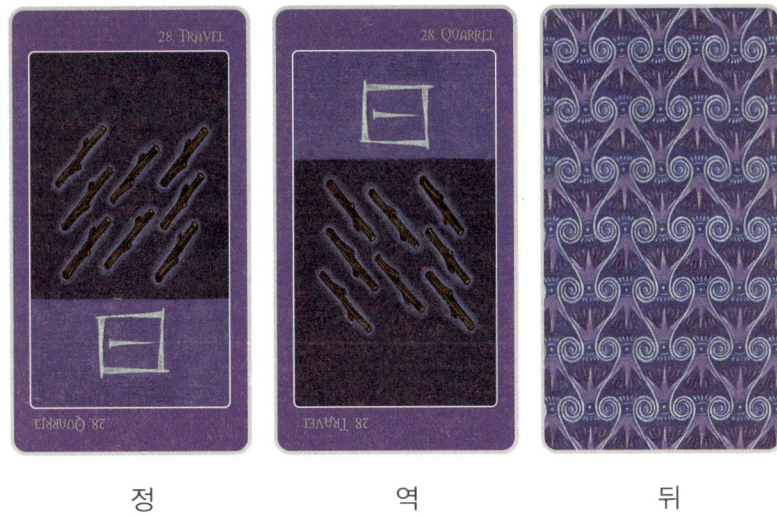

<table>
<tr><td>정</td><td>역</td><td>뒤</td></tr>
</table>

28번 Travel ↔ Quarrel
8 of Wands 여행 ↔ 논쟁

이 카드는 당신 주변을 둘러싸고 있는 환경을 보여준다. 그 가운데 당신이 서 있다. 막대기들이 당신을 향해 쓰러지거나 당신을 향하지 않도록 주의하라. 당신은 세상의 중심이지만 주변이 당신을 공격하지 않도록 하는 것은 중요하다.

정: 여행(이직. 이사)
환경을 바꾸거나 새로운 일을 시작하는 것은 항상 반대나 쓸데없는 참견이 따라다니기 마련이다. 특히 먼 곳으로 이사를 가거나 직장을 바꾸는 일은 주변사람들이 당신을 귀찮게 하기 딱 좋은 일이다. 이것은 당신이 계획한 또는 겪게 된 상황이 논쟁의 여지가 많음을 보여준다.

역: 논쟁
큰 싸움이나 중요한 논쟁을 보여주는 카드는 아니다. 가족 간의 TV채널 다툼 같은 사소하고 금방 해소될 수 있는 싸움을 말한다. 이 정도 논쟁이라면 즐겨주어도 좋다.

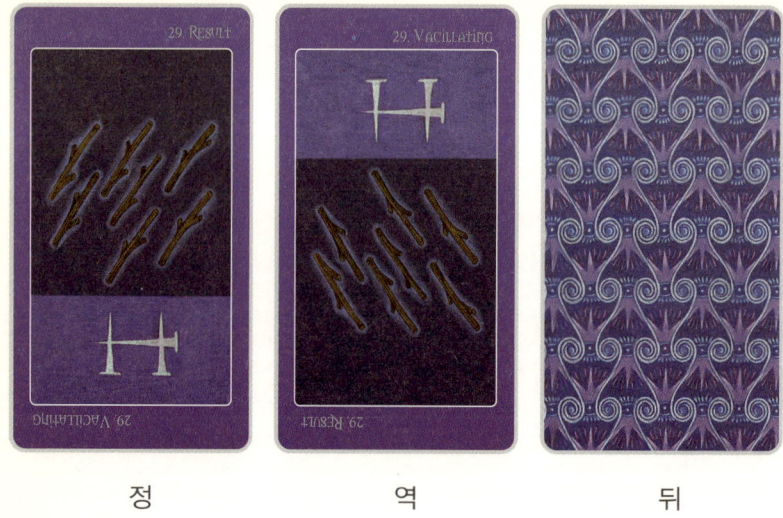

정   역   뒤

29. Result ↔ Vacillating
7 of Wands   결과 ↔ 우유부단

양쪽 모두가 차단당한 이 카드는 당신에게 또 다른 선택을 강요한다. 중심에 위치한 당신은 주변 어느 곳으로도 가고 싶지 않다. 당신은 아직 선택을 할 만큼 확실한 결정을 내리지 못하고 있다. 결과를 원한다면 확실히 선택하라.

정: 결과
이것은 당신이 꼭 마음에 들 만한 결과는 아니다. 이것은 완벽하게 계획했던 결과가 아니다. 그저 원한 것보다는 못한. 그러나 완전히 실패라고는 할 수 없는 그 정도의 결과이다. 완전히 부정적인 결과는 아니지만 '다음번에는 노력을 요함' 정도라고 해석하자.

역: 우유부단
이 카드는 모든 원인은 당신에게 있다고 충고한다. 당신은 결정을 내릴 줄도 모르고 결정을 내리더라도 항상 선택하지 않은 길에 대해 고민하는 사람이다. 다른 길을 아깝게 생각하고 고민하는 동안 시간은 지나가 버린다. 신중함도 지나치면 병이다.

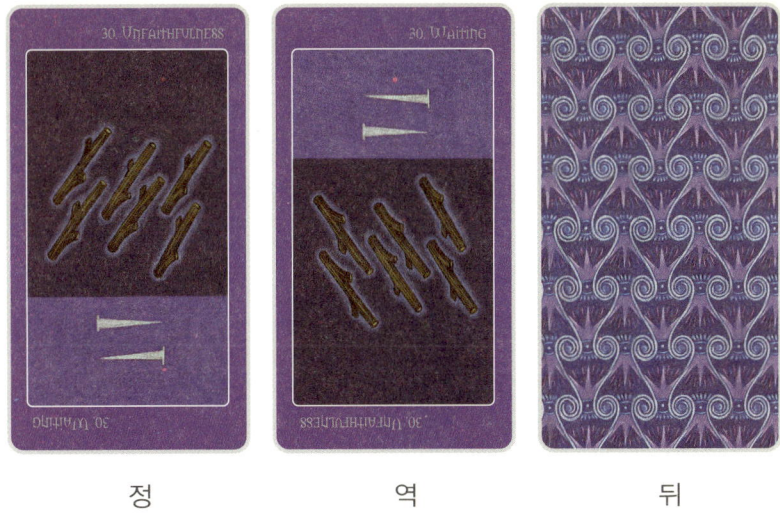

정   역   뒤

30. Unfaithfulness ↔ Waiting

6 of Wands 신용할 수 없음 ↔ 대기 중

두 방향으로 완벽하게 나눠질 수 있는 막대기들은 어떤 방향으로든 움직일 수 있다. 때문에 결과를 예측할 수 없다. 당신은 지금 기다려야만 한다. 왜냐하면 아직은 어느 방향도 신용할 수 없기 때문이다.

정: 신용할 수 없음

이 카드는 당신이 당신의 파트너나 주변상황을 살펴야 할 때임을 말한다. 어느 누구도 당신을 완벽하게 보좌할 수 없다. 지금의 상황은 변화할 수 있다. 어떤 일을 하기에도 적당한 시기는 아니다. 특히 고가의 물건을 구입할 계획이라면 포기하는 것이 좋다.

역: 대기 중

당신은 지금 기다려야만 한다. 확실한 정보는 아니지만 당신이 지금은 행동해선 안 되기 때문이다. 시간이 지나면 결과는 분명해 진다. 이유가 궁금하다면 다시 셔플하여 한 장을 꺼내볼 것.

정   역   뒤

31. Gold ↔ Decision
5 of Wands   부↔ 결단력(대부분은 시험 당하다)

이 카드는 상황에 꼭 붙잡힌 당신을 보여준다. 물론 그게 당신이 너무 많은 재
산 때문에 갇혀있는 거라면 행복한 현실이겠지만 어쩌면 당신은 주변으로부터
시험 당하고 있는지도 모른다. 어떤 상황이건 쉽게 벗어날 수 없을 것이다.

정: 부
이 카드는 당신이 가진 것을 잃지 않기 위해 잘 노력하고 있다고 말하고 있다.
당신이 지금처럼 노력만 한다면 당신의 부는 사라지지 않을 것이다. 그러나 항
상 부를 갉아먹는 것은 가족이다. 가족이 당신이 부를 위해서 노력하는 것에
동의하는가? 한번쯤 물어볼 필요가 있다.

역: 결단력(대부분은 시험 당하다)
이 카드는 예수의 마지막 유혹을 보여준다. 십자가에 매달린 예수는 죽기 전에
마지막 유혹을 견뎌냈다. 그리고 그는 그 시험을 이겨냈다. 당신도 이겨낼 수
있다. 달콤한 유혹에 속지 않도록 주의한다면 좋은 결과를 볼 수 있을 것이다.

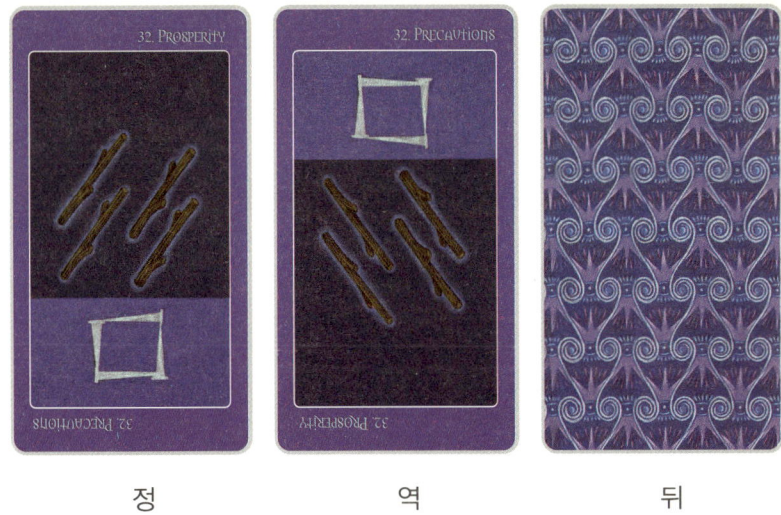

정　　　　　　　역　　　　　　　뒤

32. Prosperity ↔ Precautions
4 of Wands 번영 ↔ 경계

4개의 기둥은 안식처. 또는 집을 상징한다. 빈틈없이 만들어진 사각형은 당신의 영역에 어느 누구도 침략할 수 없음을 뜻한다. 이 카드는 당신이 나태해지지 않도록 경고한다. 당신의 안전한 Home(집)은 당신의 노력여하에 달려있다. 당신의 두 손과 두 발로 쭉 쉬어야한다.

정: 번영
이 카드는 완벽하게 합쳐진 사각형의 틀을 보여준다. 이것은 당신이 지금까지 이루어낸 모든 것들을 상징한다. 빈틈없이 만들어진 사각형의 틀. 그리고 당신의 집을 지탱할 4개의 기둥은 당신이 금전적으로 정신적으로 번영할 것임을 말한다.

역: 경계 (조심하라)
이 카드는 "항상 깨어 있으라"는 성경구절을 떠올리게 한다. 이 카드는 새로운 기회. 또는 그 반대로 손실의 시기가 언제든지 올 수 있다는 것을 경고한다. 경고를 잊지 말라.

정   역   뒤

33. Initiative ↔ Hope
3 of Wands 첫걸음 ↔ 희망

세 개의 한 방향을 향한 막대기는 기도하는 사람을 상징한다. 삼위일체를 상징하기도 한다. 이 카드는 원하는 바를 이루기 위해 생각을 행동에 옮긴 사람을 보여준다. Hope(희망)은 단지 상상하는 꿈이 아니다. 생각을 행동으로 옮길 때 꿈은 현실이 된다.

정: 첫걸음

이 카드는 가장 앞에서 다른 사람들을 이끄는 선구자를 상징하기도 한다. 당신은 벌써 시작했다. 다른 사람들은 당신을 따라올 것이다. 당신은 진취력을 가지고 있으며 성공에 대한 확신으로 앞으로 나아간다. 그리고 그 정점에 섰을 때 당신은 또 다른 길을 가게 될 것이다.

역: 희망

당신이 강력하게 원하고 있는 주제에 관해 이 카드는 '긍정적'이라고 답하고 있다. 물론 아직 완전히 'Yes'라고 판단하기엔 이르다. 당신의 열정이 이 상태대로 유지된다면 가능성은 있다.

정   역   뒤

34. Torment ↔ Surprise

2 of Wands   고통 ↔ 놀라움

두 개의 막대기는 당신을 가로막고 있다. 또 두 개의 못이 당신 가슴에 박혀 있다. 단단히 서로를 버티고 있는 막대기는 당신이 움직일 수 없도록 가로막을 것이다. 이제 그 이유를 당신 스스로가 깨닫게 될 것이다.

정: 고통
이유를 알고 있지만 당신은 인정할 수 없다. 다른 사람도 당신처럼 행동한다고 항변하며 억울하다고 말할 것이다. 더 고통스러운 것은 여러 가지 상황이 계속 반복되는 것이다. 모든 사건에는 이유가 있다. 당신의 고통의 원인은 자신이다. 스스로가 떨쳐낼 수 있지만 떨쳐내지 않은 것이 원인이다.

역: 놀라움
새로 알게 된 사실은 당신을 놀라게 할 것이다. 생각했던 것, 상상했던 것과 결과는 완전히 다르다. 이제 현실은 드러나고 결과를 받아들여야 할 때, 당신의 마음에 들지 않는다고 거짓이라고 치부해서는 안 된다. 지금의 결과는 분명히 현실이다. 바뀌지 않는다.

정　　　　　　　　　역　　　　　　　　　뒤

35. Birth ↔ Agony
Ace of Wands 탄생 ↔ 고통

행동하기 위해 의지를 굳건히 세운 어떤 사람을 보여주고 있다. 그러나 굳은 의지
는 그만큼 강한 반대를 겪어야 하기 마련. 그 시기가 끝나면 의지는 실현될 수 있
다. 이 카드가 보여주는 것은 고통을 이겨낸 후에 다시 태어나는 당신을 말한다.

정: 탄생
탄생은 새로운 상황을 의미한다. 안정적이고 편안하던 지금까지의 상황과는 달라
질 수 있음을 암시한다. 사전적으로 새로운 가족의 탄생을 의미하기도 하지만 대부
분은 변화하는 당신 자신을 뜻하는 경우가 많다. 새로운 시작으로 기억하자.

역: 고통
처음 어린 아기가 서기 위해서는 뼈를 누르는 고통을 겪는다고 한다. 때문에
익숙해 질 때까지 어린 아기들은 서는 것을 좋아하지 않는다. 이처럼 모든 일
에는 겪어야만 하는 과정이 있다. 사전적으로 '고통' 이라는 의미보다는 겪어
야 하는 과정으로 기억해두자.

정   역   뒤

36. Help ↔ Medicine

King of Cups 돕다 ↔ 치유

이 카드의 주인공은 교황이다. 교황은 정신적인 지주로 당신에게 많은 지식을 전해 주는 것은 물론 조언을 해줄 수 있을 것이다. 삼중관은 교황으로써의 지위를 오른 손에 든 변형십자가는 그의 지식이 신으로부터 주어진 것임을 상징한다.

정: 돕다

이 카드는 도움이 필요할 때 나타난다. 도움이 필요한 사람이 당신 일 수도 있고 그 반 대로 당신이 도움을 주어야 하는 사람일 경우도 있다. 질문에 따라서 판단해야한다. 카드가 의미하는 사람의 부족한 부분을 채워 줄 수 있는 사람이 당신 일 수도 있다.

역: 치유

사전적인 의미의 '치료'와 치유는 다르다. 치유는 병을 낫게 하는 것이 아니라 마음으로부터 떨쳐내게 하는 것으로 약이나 수술로 치료하는 것과는 근본적으로 다르다. 근본적인 행복을 부르는 것이다. 지금까지 잃어버리고 있었던 것, 가질 수 없었던 것, 부족한 것을 채워주는 것이 치유이다.

<table>
<tr><td>정</td><td>역</td><td>뒤</td></tr>
</table>

37. Success ↔ HappyEnding
Queen of Cups 성공 ↔ 행복한 결말

이 카드는 편안하게 앉아서 오후의 독서를 즐기는 부인을 보여주고 있다. 이 카드는 안정된 가정. 분란이나 불화가 없는 주변상황을 보여준다. 편안함을 즐기는 당신을 방해하는 것은 아무것도 없다. 이제부터 당신의 마음을 충만하게 해 줄 지혜와 평안을 위한 시간을 보낼 수 있다.

정: 성공
이 카드에 대해서는 다른 설명이 필요 없다. 당신이 원하는 것은 이루어질 것이다. 따사로운 햇살, 사랑하는 가족, 직장에서의 지위, 부러울 만큼의 명예를 가지게 될 것이다.

역: 행복한 결말
결혼. 이직. 여러 가지 사건을 통해서 당신이 노력했던 것은 원하는 방향으로 이루어질 것이다. 사랑은 이루어질 것이고, 돈을 많이 벌게 될 것이며 명예 또한 얻게 될 것이다. 부족함 없이 모든 면에서 행복을 누리고 있는 당신을 질투하는 사람이 있을지도 모르지만. 당신을 방해하지 못한다.

정   역   뒤

38. Arrive ↔ Nasty Trick

Knight of Cups 도착하다 ↔ 비열한 속임수

카드의 인물은 메신저이다. 어떤 소식이 도착할지는 알 수 없다. 이것은 새로운 사실을 알게 될 것임을 암시한다. 정해진 소식이 도착 할 때까지 기다리는 것이 안전하다. 이것은 예상하고 있던 소식이며 당신의 계획에 속한 것이다.

정: 도착하다
이 카드는 당신이 기다리던 누군가의 방문을 의미하기도 하지만 때때로 이 카드는 당신이 어느 레벨에 도달했음을 알려주는 카드이기도 하다. 당신이 시험이나 테스트에 합격했다면 합격을 알리는 편지가 도착할 것이다.

역: 비열한 속임수
스스로는 절대로 순진하지 않다고 주장할지 모르지만 당신은 매우 순진한 사람이다. 어쩌면 당신이 순진한 사람을 속이고 있을 수도 있다. 이 카드는 누군가가 정당한 경쟁의 규칙을 어기고 있음을 암시하기도 한다. 이 경고를 무시하면 속았다는 사실을 나중에야 알게 될 것이다

정 　　　　　 역 　　　　　 뒤

39. Confidence ↔ Delusion
Page of Cups 신용 ↔ 기만

표정을 알 수 없는 남자는 빛나는 잔을 한손으로 들고 있다. 나머지 한 손은 보이지 않는다. 가려진 손에 무엇을 들고 있는지 알 수 없다. 당신은 "감추어진 부분을 짐작할 수 있는가?"

정: 신용
믿음을 가지고 있는 상태라면 다른 것들을 걱정할 필요는 없다. 하지만 이 믿음이 깨어지면 모든 것은 사라진다. 당신이 믿을 만한 사람인가? 믿을 만한 상황인가? 그리고 믿을만한 사람이 주변에 있는가? 이것은 인간관계와 관련된 문제이다. 이일은 당신이 어떤 위치에 있는지 확인할 수 있는 기회가 될 것이다.

역: 기만
신념이 흔들리지 않도록 정신을 차리는 편이 좋겠다. 원하는 결과를 얻기 위해서는 상대방의 얄팍한 속임수에 속아서는 안 된다. 물론 겉으로 화려한 것에 속지 않을 사람은 많지 않다. 지금 당신 곁에 분명히 속임수가 존재한다.

 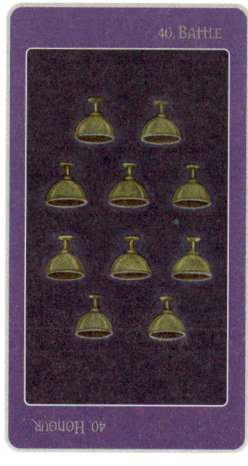 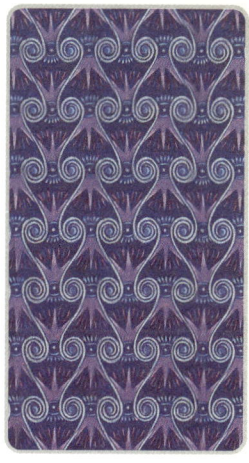

정 　　　　　 역 　　　　　 뒤

40. Honour ↔ Battle
10 of Cups 명예 ↔ 전투

10개의 컵은 7개의 미덕과 운명적인 3가지의 선택을 상징한다. 지켜야할 모든 의무를 지키고 3번의 유혹에서 옳은 선택을 한 당신에게 주어지는 명예는 지위일 수도 있고 엄청난 부 일 수도 있다.

정: 명예
당신은 명예를 추구하는 사람인가 금전을 추구하는 사람인가. 상황을 판단해 본다면 금전에서도 좋은 시기이지만 당신에게 위엄과 권위를 추구할 것을 권한다. 당신은 그럴만한 가치가 있는 사람이다. 어느 쪽을 추구하건 당신에게 당신이 원하는 것이 주어질 것이다. As You Wish

역: 전투
사람의 삶은 전쟁이다. 타인을 밟고 올라가거나. 때로는 희생시켜야 하기 때문이다. 그러나 당신은 정당한 전투의 방법을 알고 있다. 필요 없는 희생을 자제하고도 상대방을 이기는 방식을 택하라. 감정을 폭발시키지 않고도 상대방을 제압할 수 있다. 당신의 능력을 믿어야 한다.

정   역   뒤

41. Victory ↔ Mistakes
9 of Cups 승리 ↔ 실수

이 카드는 최종적인 자리에 오르기 위한 마지막 선택을 상징한다. 당신에게 승리가 예정되어있지만 실수한다면 다시 처음부터 시작해야 한다. 9개의 컵은 쏟아질 것이기 때문이다.

정: 승리
당신이 원하는 것은 어떠한 의미에서의 승리인가. 무엇이건 간에 당신이 실수만 하지 않는다면 충분히 얻을 수 있을 것이다. 적을 이기려고 하지 말고 당신 스스로를 이기려고 노력하라. 그리하면 당신은 승리할 것이다.

역: 실수
승리를 방해하는 것은 당신을 오해하고 있는 주변사람들이거나 당신의 실수일 수 있다. 성공을 원한다면 두 가지에 주의하라. 모든 것은 당신 탓이라는 것을 기억하라. 주변사람들이 당신을 오해했다면 아직 당신의 능력을 충분히 보여주지 못한 것이니 처음부터 다시 노력하라.

정   역   뒤

42. Tenderness ↔ Satisfaction

8 of Cups 부드러운 ↔ 실현

이 카드는 같은 바탕을 두고 유대관계를 맺고 있는 두 개의 컵을 보여준다. 이 관계는
매우 부드럽고 편안하며 언제든지 해체될 수 있다. 따로 나누어지더라도 서로에게 상
처주지 않는 두개의 컵을 위한 그룹은 함께할 때는 유연함을, 나누어 졌을 때는 폭넓은
시야를 가지고 있다. 이것은 매우 바람직한 인간사이의 관계를 의미한다.

정: 부드러운
부드러움과 선함을 가진 순진한 사람은 선을 보여주는 존재이다. 당신이 부드
러움을 가질 수 있다면 당신이 원하는 것을 얻을 수 있다. 부드러움은 '유연함'
을 뜻하기도 한다.

역: 실현
당신은 결과에 만족하게 될 것이다. 당신이 기대하던 만큼 얻을 수 있을 것이
고. 당신의 꿈은 실현될 것이다. 당신이 지나치게 소박한 사람이어서 조금만
상상했다면 결과도 그만큼 소박할 것이다.

정 　　　　　　 역 　　　　　　 뒤

43. Thought ↔ Project

7 of Cups 생각 ↔ 계획

컵들은 위치를 이동하려고 한다. 중심의 컵을 바탕으로 똑같은 거리를 두고 배열된 컵들은 계획이 완성되는 대로 위치를 이동할 것이다. 이 배열은 '준비기간' 동안의 여러 가지 복잡한 생각들, 계획들, 실현되지 않은 아이디어를 상징한다.

정: 생각

지금 떠오른 아이디어는 당신을 바꿀 수 있는 중요한 생각이다. 또한 생각을 반복하여 정리하는 것은 당신의 아이디어를 더욱 견고하게 만들어 줄 것이다. 정제된 생각은 타인의 신뢰를 얻는데 유리하다. 생각은 바로 말하는 것이 아니라 천천히 드러나게 하는 것이다.

역: 계획

어떤 일을 하기 전에 미리 계산을 하고 준비하는 것을 기획이라고 한다. 당신이 원하는 것을 이루기 위해서는 계획이 필요하다. 이것을 구체적으로 마련하는 것이 바로 기획이다. 잘 짜여진 계획은 좋은 동료들을 불러 모은다.

정   역   뒤

44. The Past ↔ The Future
6 of Cups 과거 ↔ 미래

이 카드는 대립되는 두 개의 집단을 보여준다. 두 집단의 힘과 크기는 동일하여 어느 쪽으로 치우치지 않는다. 이것은 원인과 결과의 크기는 항상 같다는 것이다 "노력한 만큼의 결과"라는 매우 당연한 규칙을 상징한다.

정: 과거
과거가 당신에게 좋은 의미라면 추억을. 당신에게 과거가 나쁜 것이라면 지나간 일을 의미할 수도 있겠다. 좋은 추억과 노력했던 과거를 기억하라는 뜻으로 해석될 수 있고 그 반대로 과거를 깨끗이 잊으라는 당신을 위한 충고 일 수도 있다.

역: 미래
미래는 아직 결정되지 않았다. 이제 당신은 다가올 미래를 준비해야 한다. 이 카드 다음에 나오는 카드는 미래의 일을 구체적으로 암시하게 된다. 이 카드는 당신의 미래는 과거와 같을 것임을 말한다. 물론 항상 똑같이 살게 된다는 것은 아니다. 과거에 당신이 했던 만큼. 그대로 받게 될 것이다.

정   역   뒤

45. Inheritance ↔ Helper
5 of Cups 상속재산 ↔ 도우미

중심의 한 개 컵을 둘러싸고 있는 4개의 컵은 환경을 상징한다. 이것은 당신의 환경이 변화할 것임을 상징한다. 주변의 컵에 포도주가 채워진다면 당신에게도 포도주가, 물이 채워진다면 당신에게도 물이 채워질 것이다.

정: 상속재산
이것은 부모로부터 물려받은 재능처럼 무형적인 것에서부터, 집이나 통장 같은 물질적인 다양한 부도 상징한다. 일상적으로는 선배나 아는 사람의 프로젝트나 사업을 맡게 되는 경우도 많다. 다른 사람의 것을 받게 되는 모든 상황을 말한다.

역: 도우미
당신을 도와줄만한 새로운 상대가 등장할 것이다. 이것은 당신에게 준비된 일이 더욱 긍정적으로 변하는 것을 상징한다. 그 또는 그녀는 당신에게 포도주(핏줄)를 부어줄 상대이다. 평소에 그 또는 그녀를 반갑게 맞이했다면 이번에도 좋은 소식을 전해줄 것이다.

정　　　　　　역　　　　　　뒤

46. Boredom ↔ New Knowledge
4 of Cups 권태 ↔ 새로운 지식

중심에는 아무것도 놓여있지 않기 때문에. 당신 스스로는 지금 아무것도 가지고 있지 않다고 생각하고 있다. 그것은 당신이 너무 안정적인 상태에 놓여있기 때문이다. 중심에 무엇을 놓을 것인가 상상하라. 그 중심은 당신의 것이다.

정 권태
당신은 어쩌면 배부른 투정을 하고 있는지도 모른다. 변화 없는 삶은 안정적인 삶을 상징하기도 한다. 당신이 변화를 원한다면 당신의 안정을 버려야 할 것이다. 굳건히 변하지 않는 환경은 당신을 지루하게 만들 수도 있다. 지루함이 싫다면 지금 가진 모든 것들을 버리고 모험을 시작하라.

역: 새로운 지식
이것은 당신이 맞이하게 될 또 다른 상황을 암시한다. 권태로운 당신이 꿈꾸던 멋진 모험은 아닐지 모르지만. 확실히 권태로움에서 벗어날 수는 있을 것이다. 때로는 숨겨진 치부나 소문의 실제가 드러나는 경우도 있다.

정 역 뒤

47. Conclusion ↔ Expedition
3 of Cups 결말 ↔ 원정

나란히 놓이지 않고 위로 쌓인 컵은 빠른 결말을 상징한다. 결론. 또는 결과가 매우 가까이에 있다는 것을 암시한다. 그러나, 바닥이 단단하지 않기 때문에 쓰러질 수도 있다. 그것은 컵에 담기는 것이 무엇인가에 따라 다르다.

정: 결말
당신이 질문한 사건은 이미 결과가 확정되었다. 종결되었고 결과가 마음에 들지 않는다고 해도 바꿀 수 없다. 당신은 제일 앞에 서있기 때문에 결과를 피할 수 없다. 중간쯤 서 있다면 앞의 사람의 결과를 보고 바꿀 수도 있을 것이다. 너무 앞서가는 것은 때로는 바람막이 없이 폭풍 속에 서 있는 상태를 부른다.

역: 원정
당신은 익숙한 곳에서 떠나 새로운 것을 얻기 위해 떠나가야 할 시기이다. 여행을 통해 당신은 많은 것을 얻게 될 것이다. 당신의 잔이 비어있는 것은 지금 이곳에서는 잔을 채울 수 없다는 뜻이다. 당신의 잔이 채워질 곳으로 떠나라.

정   역   뒤

48. Love ↔ Different Desires

2 of Cups 사랑 ↔ 서로 다른 욕망

두 개의 컵은 만남. 그리고 영원함을 상징한다. 서로의 몸을 꼬고 있는 두 마리의 뱀은 '사랑·열정' 을 상징한다. 유리병 위에서 불타는 불은 신의 계시를 상징하게 되는데 이것이 운명적임을 말한다.

정: 사랑

이 카드는 당신의 사랑이 이루어질 수 있음을 암시하는 카드이다. 어쩌면 당신이 원하는 것은 새로운 사랑일 수도 있다. 당신의 불타는 정열이 현실을 보는 눈을 가리고 있는 것은 아닐지, 운명적인 사랑이라고 모두 이루어지는 것은 아니지 않은가? 이 카드는 전통적으로 가끔씩은 행복한 사랑을 의미한다.

역: 서로 다른 욕망

사람이 만나고 헤어지는 것은 운명적이지만 만남을 유지하는 것은 서로의 노력이다. 자라온 환경과 생각이 다른 두 사람이 만나는 것은 이런 차이점을 극복해 나가는 것이다. 이 카드는 같은 자리에서 서로 다른 생각을 하고 있는 두 사람의 동상이몽을 뜻하기도 한다.

<table>
정   역   뒤
</table>

정   역   뒤

49. Celebrations ↔ Changes

Ace of Cups 축하 ↔ 바뀌다

당신에게 전달된 커다란 컵은 당신에게 주어진 행운을 상징한다. 이것은 기념할 만한 일이다. 아랫단이 꽃잎처럼 장식된 컵은 명예와 지위를 상징한다. 잔을 받아들 만한 용기가 있는가? 그렇다면 당신 것이다.

정: 축하

축하! 당신이 원하는 것이 이루어졌다. 더 원하는 것이 있다면 당신은 지나친 욕심을 가진 것이다. 물론 이것은 이미 이루어진 모든 것을 뜻하기도 하지만 앞으로 이루어질 것을 뜻하기도 하다. 따라서 미래라면 빛나는 미래가 될 것이다.

역: 바뀌다

마음의 변화로 인해 상황은 바뀌게 되었다. 당신의 느낌에 집중하라. 당신의 마음은 모든 결과를 알고 있다. 마음이 긍정적으로 변화했다면 미래가 긍정적으로 바뀐 것이고, 반대로 슬프고 부정적으로 생각했다면 미래는 부정적으로 바뀔 것이다. 이것은 매우 급격한 변화를 상징한다.

정   역   뒤

50. Danger ↔ Sadness
King of Swords 위험 ↔ 슬픔

'구부러진 검'은 침략자를 상징한다. 그는 언제든 침략할 수 있다. 이것은 매우 현실적인 경고이며 좋지 못한 결과를 예고하는 카드이다. 대처하고 이겨내야 한다. 이것은 짧고 급격한 위험에 대한 경고이다. 금방 지나가게 될 것이다.

정: 위험
이 카드는 당신이 위험한 상태에 있음을 말한다. 건강이 위험하거나 타인에게 위협을 당하거나 여러 가지 상황이 발생할 수 있다. 건강진단이나 재산에 대한 확인(주식 투자를 했다면 위험을 방지하기 위해 투자금액을 추가하는 것은 포기하라)

역: 슬픔
당신에게 애도를 표한다. 당신이 겪는 슬픔은 타인이 위로한다고 해결되는 것은 아닐 것이다. 하지만 이 불행이 길지만은 않을 것이라고 한다면 위로가 될 수 있을까? 이 슬픔은 상실의 시간을 의미한다. 시간은 생각보다 빨리지나가고 당신의 슬픔의 시간도 종료될 것이다.

정   역   뒤

51. Widowhood ↔ Bad Conduct
Queen of Swords 과부 ↔ 잘못된 품행

이 카드는 자신을 스스로 지킬 수 있는 준비된 여인을 상징한다. 이 여인에게는 남편이나 아버지가 없다. 스스로 책임지는 여인에게는 사회적으로 대부분 좋지 못한 평가가 주어져 왔다. 아쉬운 일이지만 가끔 유혹에 넘어가기 때문이다.

정: 과부
이 카드는 남성적인 여인. 때로는 이상하게도 남자친구가 없는 여인을 의미하기도 한다. 실제로 과부에게는 이 카드가 잘 나타나지 않는다. 남자에게 관심 없는 여인에게 이 카드가 나타나는데 연애 점에서 이 카드가 선택되었다면 자신을 되돌아보기 바란다. 과연 애인이 필요하다고 스스로 생각하는가?

역: 잘못된 품행
이 카드는 '불륜'이나 사회적인 통념상 인정되지 않는 '관계'를 상징한다. 이 카드는 알려지지 않은 비밀은 언제나 드러날 수 있음을 말한다. 사회적인 지위를 박탈당하지 않으려면 품행에 주의하라. 이 카드는 평범한 일상에서 벗어나려고 하는 당신에게 경고한다. 지금 멈추는 것이 좋다.

정   역   뒤

52. Ability ↔ Incoherence
Knight of Swords능력 ↔ 앞뒤가 맞지 않음

이 카드는 진군하려고 하는 기사를. 그러나 무언가 발견하고 다른 방향으로 가려고 하는 말을 보여준다. 기사는 말을 가지고 있기 때문에 걸어가는 것보다 빠른 속도로 도착할 것이다. 하지만 말은 기사가 원하는 방향으로 가지 않을 수도 있다.

정: 능력
성공을 위해서 가장 중요한 것은 노력이지만 부수적으로 재능이나 능력이 없으면 일정 위치 이상은 오를 수 없다. 일을 선택하기 전에 당신에게 알맞은 혹은 재능에 맞는 일인지 먼저 판단하라. 능력만큼 목표를 수정하라. 결과를 앞당길 수 있을 것이다.

역: 앞뒤가 맞지 않음
이 카드는 논리적이고 순리적이지 않음을 말한다. 세상의 모든 일들은 순서대로 이루어진다. 당신이 순서를 마구 뒤섞어 놓는다고 해도 마찬가지이다. 당신의 논리는 옳지 못하다. 누구도 이해할 수 없다. 당신만의 생각을 늘어놓거나 주변사람을 뒤흔드는 일은 그만했으면 한다. 지금 자제하지 않으면 나중에 부끄러움을 느끼게 될 것이다.

정 　　　　　　　　 역 　　　　　　　　 뒤

53. Improvident ↔ Spying
Page of Swords 경솔함 ↔ 스파이

이 카드는 신발을 신지 않고 몰래 침입하는 사람을 보여주고 있다. 무장은 완벽하지 않고 무기는 작은 칼 하나뿐이다. 이정도의 부족한 무기로는 전쟁에서 승리할 수 없다. 오히려 위험한 상황이다.

정: 경솔함
미래를 미리 내다보며 행동하는 것은 매우 중요하다. 그러나 생각 없이 행동한다면 결과는 행복한 방향으로 흐르지 않는다. 적진에 혼자 뛰어드는 것은 무모한 행동이다. 단검으로 적군을 모두 상대할 것인가?

역: 스파이(정보수집)
정보를 수집하는 행위는 스파이행위와 일맥상통한다. 하지만. 이 스파이 행위는 일반적인 정보수집과 달리 상대방이 모르도록 진행된다. 물론 당신이 지금 상대방이 모르도록 정보수집 을 하고 있다면 최종적으로는 당신에게 도움이 될 수도 있다. 그 반대로 당신이 정보 수집을 당하지 않도록 주의하라.

정　　　　　　　역　　　　　　　뒤

54. Tear ↔ Short-term Success
10 of Swords 눈물 ↔ 짧은 시간동안의 성공

전통적으로 X표시는 어떤 지점을 나타내거나 눈물자국, 키스 마크를 상징한다. 5개의 X표시는 멀리 남편을 전장에 보내는 부인들이 사용했던 표식이라고 한다. 자신의 전부를 떠나보내는 깊은 슬픔을 상징하는 것이다.

정: 눈물
이 눈물은 사랑하는 사람을 떠나보내는 슬픔이다. 피할 수도 없고 후회할 수도 없는 상황이다. 마음껏 눈물 흘리고 슬퍼하라. 실컷 울고 나면 인내의 시간이 당신을 기다리고 있을 것이다.

역: 짧은 시간동안의 성공
이 카드는 지금의 안정이나 행복이 길지 않을 것임을 암시한다. 그저 잠깐 동안의 성공이다. 예를 들면 잠깐 동안의 프로젝트에서 실력을 인정받거나, 소액의 복권에 당첨되는 등 소소한 행운을 말한다. 성공의 시간을 최대한 늘리는 방법은 '주의력'과 '겸손'이다.

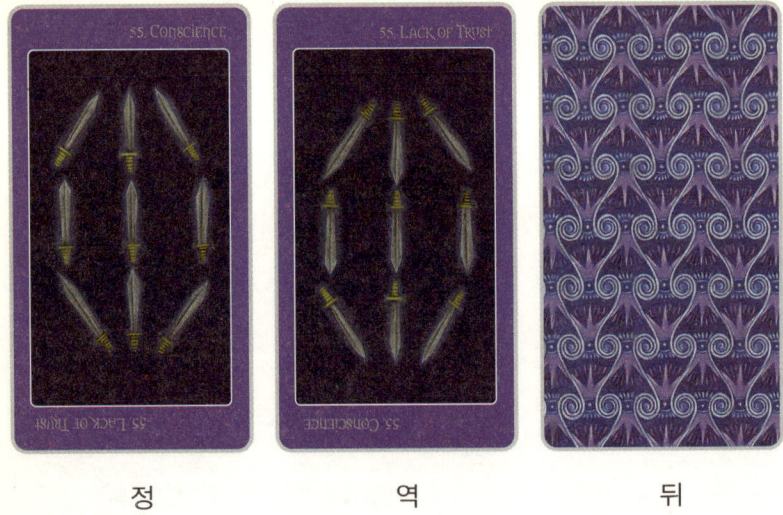

정   역   뒤

55. Conscience ↔ Lack of Trust
9 of Swords 양심 ↔ 믿을 수 없음

이 카드는 당신을 둘러싸고 있는 위협이나 당신이 가지려고 하는 지위, 명예, 돈 등을 상징한다. 중심에는 당신이 있다. 손을 뻗으면 바로 잡을 수 있는 것들이 놓여 있지만 아직 당신의 것은 아니고 앞으로도 당신의 것이 되지는 않을 것이다.

정: 양심
때로는 선택을 감성에 맡겨라. 이성보다는 감성이 당신의 양심을 보조할 수 있다. 이성적인 판단은 때때로 이기적일 수 있다. 흔들리거나 유혹 당하지 말고 당신의 내면의 목소리에 소리를 기울이라. 지금 것은 유혹일 뿐이다.

역: 믿을 수 없음
눈으로 보는 것은 항상 겉치레나 치장이 따라 다니기 마련이다. 그 내용물이 어떤지는 알 수 없다. 포장을 뜯고 당신이 직접 내용물을 확인하라. 지금은 100% 믿을 수 없다.

정   역   뒤

56. Blame ↔ Important Event
8 of Swords 비난 ↔ 중요한 사건

당신을 가로막는 4개의 집단은 당신을 이유 없이 반대하는 주변상황을 보여준
다. 당신의 논리로는 이해할 수 없겠지만 여론은 항상 무서운 것이다. 상대방
의 기준을 이해하게 된다면 이것은 당신에게 중요한 사건이 될 것이다.

정: 비난
책망하다. 뒤집어씌우다. 당신이 비난당하는 상황이라면 모든 사람이 당신에
게 죄 값을 뒤집어씌우고 있는 상황이고 반대로 당신이 남을 비난하는 사람이
라면 당신이 하고 있는 행동은 타인에게 죄를 뒤집어씌우는 잘못된 행동이다.

역: 중요한 사건
당신이 목적하고 있는 바가 이루어지도록 바탕이 되는 사건이 발생한다. 이 사
건은 매우 강하게 작용할 것이다. (예를 들어 연애점이라면 프로 포즈를 받다.
금전 운이라면 취직을 권유받다. 예술가라면 공모에 당선되다.)

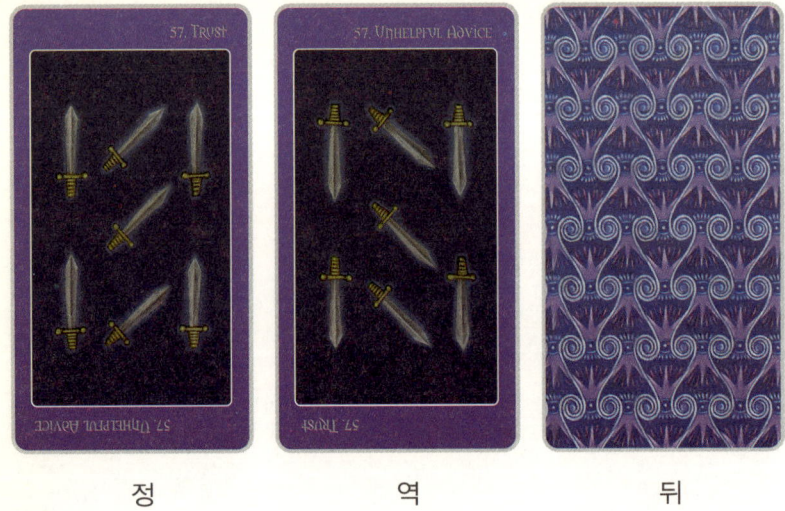

정   역   뒤

57. Trust ↔ Unhelpful Advice
7 of Swords 진실 ↔ 도움이 되지 않는 충고

한쪽으로 치우친 검들은 중심을 잡지 못하고 있다. 무조건 오른쪽이 옳은 방향이라고
생각하는 고전적이고 불합리한 사고방식을 상징한다. 이런 사고방식이나 편견은 진
실을 깊은 바닥에 감춘다. 결국 드러나게 되지만 미래는 생각하지 않는다.

정: 진실
진실은 바로 곁에 드러나지 않는다. 얼핏 보이는 감춰진 것이 진실이다. 감추
어진 진실은 급격하게 드러나게 될 것이다. 이 카드는 잘못이 드러나기 전에
당신이 옳은 판단을 하도록 충고하고 있다.

역: 도움이 되지 않는 충고
합리적이고 중립적인 사람만이 옳은 충고를 할 수 있다. 그러나 조언자를 자칭
하는 사람들은 비뚤어진 편견을 가지고 있는 경우가 많다. 때문에 그 이야기들
은 모두 잔소리일 뿐 어떤 도움도 되지 않는다. 당신에게 필요한 것은 혼자서
생각을 정리할 수 있는 시간과 여유. 모든 해답은 당신 안에 있다.

타로 카드, 에밀라

정   역   뒤

58. Travels ↔ Declaration

6 of Swords 여행 ↔ 공표

이 카드는 목표를 가지고 안정적인 환경을 벗어나고자 하는 의지를 보여준다. 두 개의 맞대어진 칼은 결연한 의지를 주변을 둘러싸고 있는 4개의 칼은 당신이 열고 나가야할 바깥세상으로 향하는 여러 방향의 문을 상징한다.

정: 여행

여행을 하게 될지도 모르는 운. 여행을 하는 동안 만나게 될 여러 사람들과 경험을 소중히 하라. 그 길에서 당신의 운명을 만나게 될 것이다. 때때로 이직, 전직의 상황을 예고하기도 한다.

역: 공표

이것은 앞뒤의 카드의 내용을 단정 짓는 카드이다. 즉 앞 카드의 키워드가 '손실'이라면 "손실을 얻게 될 것이다" '결혼'이라면 "결혼하게 된다"가 될 수 있다. 말 그대로 "선언하노니…"로 해석해도 좋다. '독립'을 선언하는 당신을 말하는 카드가 될 수도 있다.

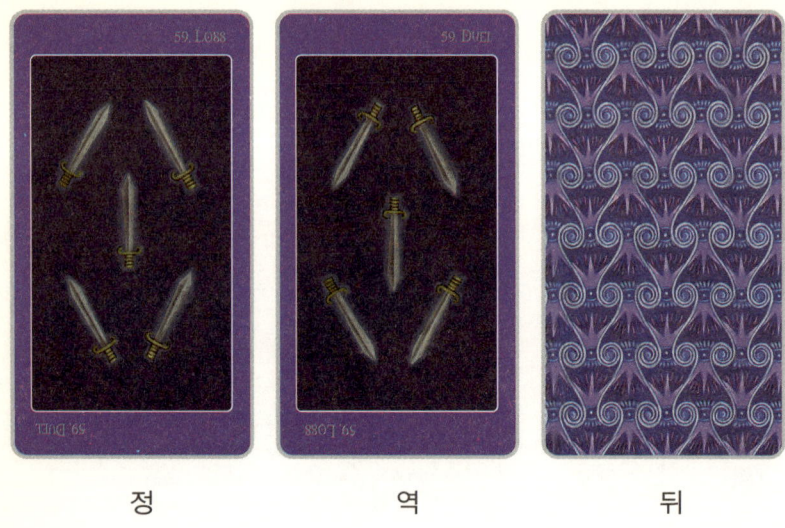

정   역   뒤

59. Loss ↔ Duel
5 of Swords 손실 ↔ 결투

주변의 도움을 뿌리치고 나가는 당신에게는 손실이 따를 것이다. 아직 당신의
의지도 확고하지 못하다. 과연 지금 그렇게 뛰어나가야 하는가?
준비도 완전하지 않은 상태에서? 만약 내가 당신이라면 주변의 충고를 따를
것이다. 아직은 때가 아니다.

정: 손실
어떤 질문을 했더라도 당신의 몫이 다른 사람에게 돌아가거나 당신의 몫을 당
신 눈앞에서 도둑맞는 상황이다. 손실을 줄일 수는 있지만 피할 수는 없다.

역: 결투
이것은 당신과 당신의 경쟁자에 관한 카드이다. 당신의 경쟁자가 때를 기다리고 있
었다면 당신은 피해갈 수 없다. 겨루어야 한다. 이 카드는 항상 선의의 결투를 말한
다. 당신에게도 좋은 경험이 될 것이다. 승패의 여부와는 관련이 없다. 승패의 여부가
궁금하다면 섞여져 있는 카드 무더기의 가장 아래의 카드를 펼쳐 볼 것

정   역   뒤

60. Solitude ↔ Economy
4 of Swords 고독 ↔ 절약

결투 시간 중에는 어느 누구도 당신을 도와주지 않는다. 당신은 혼자이다. 필요 없이 흥분하거나 과도한 동작은 당신의 패배를 부른다. 절제하고 자제하라. 조용히 상대방을 바라보고 있으면 약점을 발견할 수 있다.

정: 고독
이 고독은 군중 속의 고독 같은 감정적인 고독에서부터 실제로 무인도에 떨어지는 물리적인 고독까지 모두 포함한다. 당신은 태어나면서부터 혼자다. 어차피 군중 속에서도 혼자라면 주변에 사람이 있건 없건 중요하지 않다.

역: 절약
이것은 금전적인 절약에서부터 쓸데없는 행동을 자제하는 '자제력'까지의 모든 것을 포함한다. 선택조차 절제해야 한다. 당신에게 폭풍 같은 시간이 닥치게 될 것이다. 그전에 당신에게 절약의 연습이 필요하다. 새로 일을 시작하는 것은 금물. 하던 일을 정리하는 것도 잠시 보류해야한다.

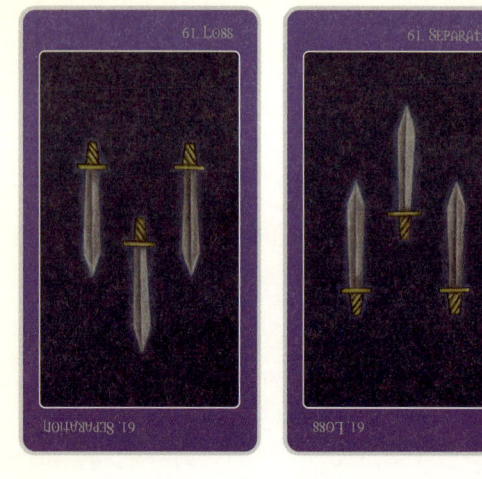

정   역   뒤

61. Separation ↔ Loss

3 of Swords 분할 ↔ 실패

세 개의 검을 든 병사들은 당신에게 반기를 들고 대항하려고 한다. 이것은 당신에게 많은 피해를 가져다 줄 것이다. 당신의 재산은 세금에 의해 잘려나갈 것이고 당신의 자녀들은 이유를 알려주지 않고 떠나버릴 것이다.

정: 분할

세상은 항상 나뉘고 합쳐지기를 반복한다. 그것은 인간사회도 마찬가지이다. 당신의 재산은 나눠질 것이며 가족은 서로 멀리 떨어지게 될 수 도 있다. 직장이라면 부서간의 이동에 주의하라. 새로운 그룹에서 고독하게 될 수 있다. 모든 것은 변하게 된다. 지금은 변화의 시기이다.

역: 실패

이것은 성급한 자에게 흔히 주어지는 작은 실패이다. 완전한 끝장은 이런 식으로 다가오지 않는다. 당신이 마음의 상처를 잊고 일어서서 재기한다면 이번 사건은 그저 추억이 될 것이다. 실패했다고 해서 영원히 지속되는 것은 아니다. 이 카드의 실패는 성공의 바탕이 되는 실패이다.

정   역   뒤

62. Friendship ↔ False Friend
2 of Swords 우정 ↔ 잘못된 친구

같은 생각을 가진 두 개의 의지는 모두 같은 방향을 향해 서 있다. 그러나 너무 강한 의지는 방향을 바꿀 수 없다. 지나치게 날카로운 칼은 손을 다치게 한다. 이 카드는 당신이 유연함을 가져야 한다고 말하고 있다. 자신 주변의 의견은 물론 당신과 친구가 아닌 사람들의 의견도 귀 기울여 보는 것은 어떨까.

정: 우정
우정은 양날 검과 같다. 같은 손잡이에 매달려 있는 것처럼 항상 함께 하지만 그 결과는 서로 다르다. 친밀함과 따뜻함이 지속되는 동안 즐겨라. 서로의 생각이 달라지지 않는 동안.

역: 잘못된 친구
가장 가까이에 있는 친구이지만 당신과 다른 생각을 가지게 되었다면 혹은 당신을 사회적인 기준과 다른 곳으로 이끈다면 좋은 친구일 수 없다. 잘못된 친구는 손해를 부른다. 돈이나 물질적인 것에서 시작하여 당신에게 마음의 상처를 입힐 것이다.

정   역   뒤

63. Embarrassment ↔ Pregnancy
Ace of Swords 당황하다 ↔ 임신

오른손이 당신에게 넘겨주는 것은 새로운 문젯거리이다. 이것은 생각지도 않은 문제
이며 주변사람들에게 까지 영향을 미칠 중요한 문제이다. 그러나 또한 이것은 명예나
당신의 지위와 연관된 문제이다. 루머나 가십과 연관되어 있을 수 있다.

정: 당황하다
이것은 당신이 해결할 수 있으나 쉽지 않은 문젯거리이다. 발 없는 말은 천리
와 같아서 모르는 새 멀리까지 퍼져나간다. 하지 않은 일에 대해 비난받게 되
었다고 하더라도 그것은 당신의 운명이다. 당신이 원인이다. 어쩔 수 없다.

역: 임신
이것은 당신이 품고 있는 여러 가지 사건(정말 가끔은 정말로 임신)을 나타낸
다. 당신은 결과를 앞에 두고 있다. 그것이 남들에게도 즐거운 일이 아니라면
지금 중단할 수도 있다. 이 카드가 말하는 사건은 운명의 커다란 사이클에서
"예고"에 불과하다. 이번 사건의 결과는 또 다른 사건을 부를 것이다.

타로 카드, 에띨라

정 　　　　　 역 　　　　　 뒤

64. Gentle Man ↔ Dangerous Man
King of Pentacles 친절한 남자 ↔ 잔인한 남자

자신이 가진 것을 잘 알고 있는 남자는 자신의 잣대를 왼손에 들고 있다. 그는 먼저 상황을 판단할 것이다. 당신에게 화를 낼 수도 있고 당신을 도와 줄 수도 있다. 그것은 온전히 '그' 또는 '그녀'에게 달려있다.

정: 친절한 남자
당신에게 돈과 조언을 베풀어 줄 수 있는 조력자. 당신 주변의 인물이다. 당신의 입장을 이해하고 주변사람들을 설득해 줄 것이다. 당신은 감사함을 느끼게 될 것이다. 친절한 남자는 한번 뿐 똑같은 잘못을 두 번 저지른다면 친절한 남자는 역방향으로 바뀌게 된다.

역: 잔인한 남자
당신에게 조언을 베풀어 줄 수는 있지만 당신의 책임여부를 먼저 가려야만 하는 사람. 문제를 해결하기 전에 이 사람과 이야기하다가 지쳐버릴 지도 모른다. 당신이 물에 빠졌다면 이 사람은 왜 물 근처에 갔는지를 먼저 물어볼 것이다. 그러나 어쩔 수 없다. 그나마 희망은 이것뿐이다.

정   역   뒤

65. Woman(Helper)⟨-⟩Woman(Angry)
Queen of Pentacles 도움을 줄 수 있는 여인 ↔ 화가 난 여인

그녀는 당신을 바라보고 있다. 그녀는 당신이 거짓말을 한다면 마구 화낼 것이다. 그녀는 자리에서 일어나려고 하고 있다. 그녀는 일어서서 상황에 대해 당신에게 설명해줄 것이다. 또한 당신이 잘못했는가 하지 않았는가에 대해서도 말해줄 것이다.

정: 도움을 줄 수 있는 여인
그녀는 당신과 당신의 행동에 대해 잘 알고 있다. 그녀는 상황에 대해 객관적인 평가를 내려줄 것이며 앞으로 당신이 해야 할 일들에 대해 차근차근 설명해줄 것이다. 그리고 당신을 품에 안아 줄 것이다.

역: 화가 난 여인
그녀는 당신의 행동에 대해 매우 화가 나 있다. 당신의 행동은 비논리적이며 행동을 설명하는 과정에서 당신에게 유리하도록 여러 번 거짓말을 하였다. 그녀는 그 거짓말까지 모두 알고 있다. 고통스러운 토론의 시간이 시작될 것이다.

정   역   뒤

66. Laziness ↔ Usefulness
Knight of Pentacles 쓸만한 ↔ 게으름 피우다

어디론가 말을 타고 가는 기사는 말을 멈추고 있다. 그는 말을 제어할 수 있을 정도의 능력을 가지고 있지만 달리고 있지 않다. 무언가 문제가 있는 것인가? 아니면 목표를 수정하려고 하는 것인가? 지금은 중요한 때. 방향을 수정하는 것은 위험한 행동이다.

정: 쓸 만한
쓸 만한 능력이나, 재력, 배경 등을 상징할 수 있다. 만약 질문자가 아닌 다른 사람이라면 당신을 도와줄 수 있을 만한 좋은 도우미 혹은 당신대신 일을 처리할 직원이거나 파트너가 될 것이다.

역: 게으름피우다
목표가 앞에 있다고 잠깐 숨을 돌리는 것은 좋은 생각이 아니다. 그 사이에 경쟁자가 대신 당신의 것을 차지할 수도 있다. 그렇게 된다면 얼마나 슬픈 일인가? 당신의 게으름을 극복하라. 게으름만 극복한다면 당신은 쓸 만한 사람이다.

67. FALSE LOVE - LAVISHNESS

정   역   뒤

67. False Love ↔ Lavishness
Page of Pentacles 잘못된 사랑↔사치스럽게

인간의 욕망은 사랑과 같아서 욕망의 크기와 깊이는 줄지 않는다. 그 욕망 중에서 가장 커다란 것은 인간의 사치와 허영심이다. 이것은 인간의 환상에서 시작된 카드 이다. 사람들은 "자신의 목표는 이루어 질 것이며 자신의 행동은 옳다." 라는 잘못 된 환상을 가지고 있다. 손에 쥔 것을 놓으면 자유로워 질 수 있다.

정: 잘못된 사랑
잘못된 사랑은 잘못된 목표나 야망을 상징할 수 있다. 당신은 목표부터 고쳐야할 필요 성이 있다. 실현 불가능한 야망(세계정복?)을 꿈꾼다면 그저 꿈에 멈추도록 하라.

역: 사치스럽게
이 키워드는 당신이 소비에 대해 한 번 더 생각해야 한다고 경고하고 있다. 당 신은 너무 많은 옷과 너무 많은 물건들을 가지고 있다. 물건이나 집. 그 외의 어떤 것을 구입하기 전에 당신에게 이 키워드가 선택되었다면 자제하라.

타로 카드 , 에밀라

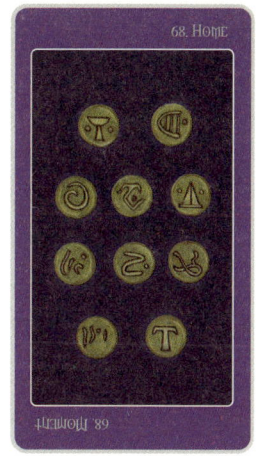
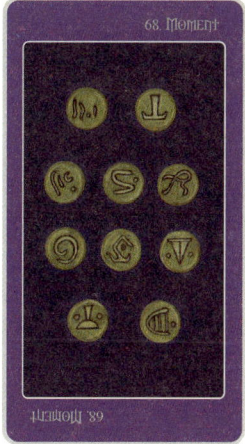
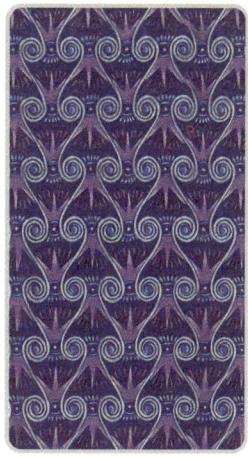

정　　　　　　　역　　　　　　　뒤

68. Home ↔ Moment
10 of Pentacles 집 ↔ 때

두 개의 중심을 감싼 여덟 개의 원은 하나하나 채워진 소망과 기적과 같은 삶
의 순간을 의미한다. 그리고 그 순간들은 하나로 이루어져 충만한 사랑과 행복
이 가득한 현재를 맞이하게 된 것이다.

정: 집
당신을 기다리고 있는 안정적인 집, 행복의 원천이자, 꿈의 터전이다. 당신이
꿈꾸는 이상적인 세계를 상징한다. 이상적인 세계는 현실과 다를 수 있다. 때
때로 이 카드는 현실에 지친 당신에게 속삭인다. "집에 가서 쉬면 모든 것이 제
자리로 돌아갈 것이다"

역: 때
당신에게 주어진 운명의 시간. 당신이 치러야 할 값이거나 당신이 받아야할 몫이다.
어느 쪽인지는 질문에 따라 다르다. 진행 중이기 때문에 결과는 달라질 수 있다. 시간
은 과거. 현재. 미래 의 세 가지 얼굴을 가지고 있다. 때는 미래 의 얼굴을 바꾼다.

정   역   뒤

69. Realization ↔ Fraud
9 of Pentacles 성취하다 ↔ 사기

손에 쥔 것은 성취한 것이며 아직 손에 쥐지 않았다면 당신의 것이 아니다. 타인이 "나"에게 지불할 것과 지갑 속의 돈을 구분하라. 아직 지갑 속에 들어오지 않았다면 수입이 아니다. 돈은 항상 흐름을 가지고 있는데 흐름을 기다리는 때와 잡아야 할 때를 구분하는 것은 금전에서 중요한 부분이다

정: 성취하다
당신은 손에 쥔 것을 놓지 않을 수 있다. 지금 당신이 가진 것은 당신의 몫이다. 당신이 노력한 결과이다. 이 카드가 미래에 관한 것이라면 당신의 질문이 긍정적일 때 Yes라고 해석하라.

역: 사기
사기, 협잡, 기만 그리고 가장 나쁜 속임수. 이 모든 것에 주의해야 할 때이다. 열쇠를 남에게 맡기지 말라. 친하고 가까운 상대라고 하더라도 스스로의 입장보다 나의 입장을 더 우선할리는 없다. 기대하지 않으면 실망도 없다.

정   역   뒤

70. Beauty ↔ Cost

8 of Pentacles 아름다움 ↔ 비용

특별함은 그만큼의 값을 지불해야 한다. 그것은 세상을 유지하는 하나의 규칙이다. 아름다움은 지속적으로 꾸미는 비용을 지혜는 지식을 유지하는 비용을 그리고 군주는 왕국을 유지하기 위한 비용이 필요하다.

정: 아름다움
아름다움은 황금처럼 반짝이며 쉽게 녹이 슬지 않는다. 이 키워드는 찬사이거나 혹은 아름다움만을 쫓는 당신에 대한 충고이다. 사람의 아름다움은 지혜에서 비롯되어야 한다.

역: 비용
당신이 삶에 대해서 지불해야 할 모든 것을 뜻한다. 누구나 삶을 지속하는 동안 삶이 자신에게 준 모든 것을 갚아나가는 것이다. 경험을 위해 당신이 지불해야 할 것들이 가끔은 비싸게 느껴질지라도 낭비는 아니니 아낌없이 지불하라. 지불한 만큼 당신의 인생은 채워질 것이다.

정   역   뒤

71. Money ↔ Floating
7 of Pentacles 돈 ↔ 유동적인

물처럼 흐르는 것 그리고 주변을 배회하는 것, 돈의 속성이다. 돈은 매우 유동
적이며 한자리에 고정되어있지 않다. 때문에 지속적인 노력과 욕구가 있어야
만 돈을 유지할 수 있다. 꼭 쥐고 놓지 않는 것은 흐름을 방해하는 것이다.

정: 돈
돈. 모든 문제의 원인이 돈임을 암시하거나, 당신이 추구하는 것이 돈임을 말
하거나 혹은 돈과 관련된 모든 사건을 말한다. 이것은 지불받을 것을 받게 되
거나 지불 할 수 있을 만한 청구서를 말한다.

역: 유동적인
이것은 질문자가 생각하는 사건이 아직은 결과가 정해져 있지 않다고 말하고 있다.
그리고 당신이 생각이 계속 변화하고 있음을 암시하는 경우도 있다. 물은 항상 넘
치는 곳에서 부족한 곳으로 흐른다. 그리고 작은 곳에서 큰 곳으로 움직이려고 한
다. 당신의 그릇을 큰 것으로 바꾸면 흐름은 당신에게로 바뀔 것이다.

정　　　　　　역　　　　　　뒤

72. Gift ↔ Ambitions
6 of Pentacles 재능 ↔ 야망

스스로의 재능을 깨닫는 순간부터 사람은 목표를 높이기 시작한다. 만족하기 위해서는 재능을 사용하거나 낭비해야 한다. 두 줄로 서있는 동전들은 당신의 재능이 사용되어야 할 다양한 장소를 상징한다.

정: 재능
재능은 때로는 불행을 낳기도 한다. 천재는 항상 일찍 죽기 마련이며 위대한 업적을 남기지만 자신은 불행하게 사는 경우가 많다. 당신의 재능을 펼치되 이 기적이 되지 않도록 노력하라. 그렇게 하면 당신의 재능은 더욱 빛날 것이다. 당신에게는 충분한 재능이 있기 때문이다.

역: 야망
야망을 가져도 좋다. 당신은 야망을 실현시킬만한 능력을 가지고 있다. 때때로 이 카드는 당신의 생각이 야망에 불과하다고 경고하는 것일 수도 있다. 당신의 목표는 높은 편이고 일상적인 것들은 희생되어야 한다. 일과 가정 중에서 한가지만을 이룰 수 있다. 무엇을 선택할 것인가?

정   역   뒤

73. Lovers ↔ Disorder
5 of Pentacles 연인들 ↔ 혼란

연인들은 자신이 가진 생각의 파괴를 경험한다. 일생동안 배워왔던 사회적인 관습이나 기본 틀은 헌신짝처럼 버려진다. 그리고 그 주변사람들의 일상도 변화하게 된다. 연인이 모든 질서를 파괴하기 때문이다.

정: 연인들
오~ 사랑에 빠진 연인들이여 마법에서 벗어나 당신의 현실을 바라볼지어다. 사랑에 빠진 당신 혹은 질문자, 혹은 당신의 주변사람에게 현실을 강요하는 것은 헛소리로 들릴 뿐이다. 그들을 축복하고 따뜻한 조언을 아끼지 말라. 그들의 행복을 위해서……. 현실적인 충고는 그들이 벽에 맞닥뜨렸을 때만 필요한 것이다.

역: 혼란
혼란. 기준의 파괴. 그리고 알 수 없는 행동에 대해 논리적으로 분석하려고 노력하거나 억지로 제자리로 돌려놓으려고 하는 것은 헛수고이다. 지켜볼 수밖에 없다. 해결책을 찾을 때 까지.

정 역 뒤

74. Homage ↔ Obstacles
4 of Pentacles 존경 ↔ 장애물

예우는 모든 단계를 통과한 자에게 주어진다. 누구나 다른 사람에게 모범이 되는 자에게만 존경심을 표시한다. 당신이 빛나는 명예를 추구하는 사람이라면 빛나는 돈은 장애물일 뿐이다.

정: 존경
존경을 받고 싶다면 강요하지 말고 우러나오도록 하라. 당신의 지나치게 당당한 행동은 오히려 주변 사람들에게 당신을 존경할 수 없도록 만들 것이다. 당신이라면 먼저 일하고 앞서 나가서 모든 사람을 보듬고 이해해주는 사람을 존경하지 않겠는가?

역: 장애물
장애물은 매우 사소한 것이다. 이겨나갈 수 없을 정도의 장애물이 아니다. 충분히 노력에 따라서 벗어날 수 있는 장애물이다. 작은 돌멩이가 발에 채이더라도 당신이 길을 벗어나게 되지 않는 것처럼 지금 일어나는 일은 당신의 미래에서 볼 때 보잘 것 없는 일이다. 강이 얕은지 깊은지 확인해보는 것이 어떨까?

정   역   뒤

75. Nobility ↔ Result (Children)
3 of Pentacles 고귀함 ↔ 결과물

가장 고귀한 것은 새로 태어나는 생명이며, 노력의 결과물이다. 당신의 이름은 훗날 당신의 업적에 의해서 평가될 것이다. 당신의 이름을 남기는 것은 당신의 행동의 결과이다.

정: 고귀함
타고난 고귀함은 중요한 것이 아니다. 당신은 노력을 통해 당신이 바라보고 있는 어떤 사람보다 훨씬 더 고귀한 존재가 될 수 도 있다. 이 카드는 때때로 어떤 사람의 고귀함에 대한 감탄의 표시로 제시되기도 한다. 스스로를 빛나게 하는 사람. 이 카드는 그런 사람을 말한다.

역: 결과물
사람들은 결과를 통해 사람의 인격이나 능력을 판단한다. 이것이 미래에 대한 질문이라면 당신이 원하던 결과는 이루어질 것이다. 타인의 결과를 바라보고 있다면 먼저 그 사람의 노력에 대해 감탄을 표하라. 그리고 그가 지나온 길을 보고 배울 수 있다.

정   역   뒤

76. Embarrassment ↔ Letter

2 of Pentacles 당황 ↔ 소식

이 카드는 통상적으로 "양손의 떡"을 의미한다. 때문에 양면성을 가진다. 대부분은 긍정적으로 해석되지만 금전에 한정된다. 다른 질문일 경우 부정적으로 해석 될 수 있다. 결과는 힘이 한 방향으로 흐를 때 결정된다. 충만한 힘은 방향을 결정하지 못하고 준비되어 있다.

정: 당황

논리에 맞지 않는 일은 항상 존재 한다. 예상과 결과가 다른 일은 항상 있다. 곰곰이 생각해 보면 최종적인 결과는 당신을 위한 것일 수 있다. 이 카드는 일반적으로 깜짝 선물이나 프러포즈를 의미하는 경우도 있다.

역: 소식

소식에는 두 가지 종류가 있다. 당선, 취직, 결혼 등의 좋은 소식이 있고, 사망, 사고, 퇴사 통지 등의 나쁜 소식이 있다. 즐거운 소식보다는 당신을 충분히 괴롭게 만들 수 있는 소식일 수 있다. 순수하게 금전 일 때는 수입으로 볼 수 있다.

정 　　　　　 역 　　　　　 뒤

77. Total Wellbeing ↔ Riches
Ace of Pentacles 충분한 행복 ↔ 부

완벽한 행복은 부만을 뜻하는 것은 아니지만 부의 바탕 위에 이루어진다. 이것은 물질적인 부에서부터 정신적인 풍요로움과 안정까지를 포괄적으로 포함한다. 당신이 조금 부족하다고 느낀다면 아직은 당신에게 '물질적인 부'만이 주어졌기 때문일 것이다.

정: 충분한 행복
충분한 행복의 완성은 행복한 가정과 마음의 안정이다. 당신이 원하는 모든 것은 이루어질 것이다. 혹시 현재 이루어졌다면 당신은 행복에 겨워 지겨워하고 있지 않은가? 지나친 행복으로 일탈을 꿈꾸고 있다면 모험을 추천한다. 아직 행운의 태양이 당신 머리위에 있을 때라면 모험도 즐겁지 않은가.

역: 부
충분한 재산은 당신이 선행할 기회를 준다. 당신이 가진 것은 '부' 하나뿐이지만 나머지는 당신이 만들어 낼 수 있다. 선행을 통한 행복과 만족을 얻는다면 명예와 마음의 안정을 얻게 될 것이다.

타로 카드, 에밀라

<table>
<tr><td>정</td><td>역</td><td>뒤</td></tr>
</table>

78. genius or Mad? ↔ Folly
0. The Fool. 천재 아니면 실성한 사람↔어리석음

많은 것을 알고 있는 사람은 미치거나 천재이다. 깊게 사물을 보는 능력을 가진 사람은 천재이지만 사물을 다르게 보는 사람은 미치광이이다. 바보는 그 둘 중 어느 곳에도 속하지 않는다.

정: 천재 아니면 실성한 사람
당신의 행동이 주변을 당황스럽게 만든다면 그것이 정말 좋은 아이디어인가 생각해 볼 필요가 있다. 항상 좋은 결과를 부른다고 해서 당신이 천재로 인정받을 수 있는 것은 아니다. 미친 사람 취급을 받지 않도록 아이디어는 신선하게, 그러나 성실한 사람으로 인정받을 수 있도록 하자.

역: 어리석음
당신은 주변을 즐겁게 해줄지는 모르지만 아무것도 얻지 못할 것이다. 왜냐하면 당신은 이익을 추구할 줄 모르는 사람이기 때문이다. 당신은 소유할 수 없다. 손에 든 것을 쥐지 않고 나누어 주기 때문이다.

왕초보 타로 카드 (초보자를 위한 타로 카드 매뉴얼)

이 책은 타로 점을 어떻게 치느냐를 일러스트로 정확하게 보여주고 있어 왕초보자들에게 안성맞춤이다. 또한 왕초보자들이 어려워하는 카드 해석 부분을 간단 키워드로 워밍업한 후, 본격적인 카드 해석을 할 수 있게끔 단계별로 구성되어 있다.

● 칼리 지음 / 232페이지 / 올컬러 인쇄 / 9,800원

베이직 웨이트 타로 카드

전세계적으로 널리 사용되는 라이더 웨이트를 복각한 타로 카드이다. 이 라이더 웨이트 타로가 지속적인 인기를 얻고 있는 것은, 마이너 카드를 포함한 모든 카드가 각각의 상징과 이미지를 가지고 있기 때문이다. 이제 베이직 웨이트 타로 카드로 자신의 내면과 만나는 흥미로운 여행을 시작해보자.

● 칼리 지음 / 78장의 타로 카드 풀세트 / 간단 키워드가 수록된 북릿 포함 / 18,000원

타로 카드 길라잡이 (타로카드를 배우는 모든 사람을 위해)

이 책은 타로 카드 길라잡이 개정증보판으로 이 책을 첫 책으로 사용하는 사용자들을 위해 이전 버전에서 부족했던 카드 섞기 등의 기초적인 사용법에 대해 가능한 상세히 설명하고자 노력했다. 다양한 사용법과 이해를 위해 필요한 부분을 담고 있어 타로 카드를 깊게 공부하고자 하는 사람들에게는 좋은 책이 될 것이다.

● 칼리 지음 / 256페이지 / 올컬러 인쇄 / 12,000원

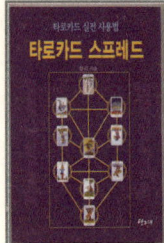

타로 카드 스프레드 (타로 카드 실전 사용법)

고대로 부터 내려온 점술의 전통은 상징과 기호로 완성된다. 그 신비의 정수인 타로 카드를 사용하는 또 다른 방법이 바로 타로 카드 스프레드이다. 원하는 것을 알고 싶을 때, 무엇인가를 선택해야 할 지 알 수 없을 때, 그리고 당신의 내면을 위해. 현장에서 사용하게 되는 전문인을 위한 26가지 스프레드법.

● 칼리 지음 / 288페이지 / 올컬러 인쇄 / 15,000원

타로 카드 이지라이더

이지라이더는 사람들이 가진 모든 선입견을 충족시키는 타로카드로 단어식의 키워드와 당신 내면을 위한 조언이 함께 채워져 있는 타로 카드이다. 명상을 위한 조언만 채워진 카드가 어렵다고 느꼈다면, 키워드만 쓰여진 일반 카드들이 부족하다고 느꼈다면, 이제 이지라이더가 부족함을 채워줄 수 있다.

● 칼리 지음 / 78장의 타로 카드 풀셋트 / 112페이지 올컬러 인쇄 / 23,000원

러시안 집시 카드 (초보자를 위한 타로 카드 매뉴얼)

수백년 동안 운명을 예언하며 자유롭게 유랑하던 러시안 집시. 그들 사이에 은밀하게 전래되어 내려온 신비의 이 집시 카드는 좋거나 불길한 환경을 포함해 각종 사건들을 미리 예측할 수 있는 신비한 힘을 가지고 있다. 이제 [러시안집시카드]로 당신의 운명은 물론 알고자 하는 상대의 생년월일 없이도 그 사람의 미래와 운명을 알아 낼 수 있다.

● 튜체코프 지음 / 272페이지 / 25장의 카드 포함 / 20,000원

타로 카드 (신비 · 마법 · 환상의 유니버설 타로 카드)

유니버설 타로 카드는 막스웰 밀러가 디자인한 완전히 새로운 카드이다. 막스웰 밀러는 뛰어난 영감을 가진 예술가로서, 가장 아름답고도 다채로운 카드를 완성하기 위해 수십 년간 혼과 정열을 쏟아 부었고 이 카드의 의미와 상징을 완벽하게 설명하는 이 책을 완성지었다.

● 막스웰 밀러 지음 / 224페이지 / 74장의 카드 포함 / 30,000원

선 오라클 카드 (운명을 점치는 신비 카드)

선 오라클 카드에는 일곱 가지 카드패가 있다. 각각의 패는 또 12개의 별자리를 지나가는 하나의 행성으로 상징된다. 극적 비유, 상징적 이미지를 담은 84장의 아름다운 그림이 그려진 이 카드는 독특하고 배우기 간편한 점성학적 세계로 당신을 안내할 것이다.

● 캐롤라인 지음 / 144페이지 올컬러 인쇄 / 84장의 카드 포함 / 30,000원

문 오라클 카드 (운명을 점치는 신비 카드)

달의 신탁은 녹창석이며 사용하기 간편한 에지직 세게이고 달의 점성학으로 익는 실용적 창시이다. 72개의 연상 그림은 각각 4개의 점성학적 원소 안에서 8개의 달의 상과 28개의 성수, 그리고 달의 12여신을 상징한다. 이 책은 각각의 카드에 대한 상세한 해석을 제공하고 카드 해석의 다양한 방법들을 보여준다.

● 캐롤라인 지음 / 142페이지 올컬러 / 72장의 카드 포함 / 30,000원

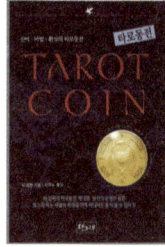

타로 동전 점 (신비 마법 환상의 타로동전)

타로 동전은 점을 치는 데 사용한다. 이 책과 함께 들어 있는 타로 동전으로 점을 치는 것인데, 이 책에는 250가지 다양한 자기 성찰의 지혜들이 담겨 있다. 이것들은 모든 문제의 근원에 대해 그대 자신에게 진지하게 묻고 스스로 답할 수 있도록 명상의 길로 인도한다.

● 딕섭펜 지음 / 256페이지 / 책과 타로 동전을 포함 / 30,000원